戸倉 儚
ill. 白井鋭利
2
雑用付与術師が
自分の最強に気付くまで
～迷惑をかけないようにしてきましたが、
追放されたので好きに生きることにしました～

ヴィム＝シュトラウス
カミラ

「そこまでジロジロ見られるとこちらも気恥ずかしい」

ハイデマリー

それは巨大な半球《ドーム》だった。
壁の割れた隙間から
清水が流れ出し、
滝壺のように
半球《ドーム》の底に溜まっていた。
鉱石が宝石なら、
清水は硝子といった
ところだろうか。
この半球《ドーム》自体がまるで
一つの芸術品のように
飾り立てられていた。

リタ

「見ておけシュトラウス氏！
あれが迷宮《ラビリンス》の枠組みだ！」

「改めて自己紹介だね。
私はリタ＝ハインケス！
【黄昏の梟《ミナーヴァ・アカイア》】の
リーダーだよ！」
リタ＝
ハインケス

2

雑用付与術師が自分の最強に気付くまで

～迷惑をかけないようにしてきましたが、追放されたので好きに生きることにしました～

戸倉 儚　ill. 白井鋭利

CONTENTS

デザイン　世古口敦志＋前川絵莉子（coil）
イラスト　白井鋭利

『――そも、迷宮《ラビリンス》がそこにあると、誰が証明できようか？

我々の探求の出発点はそこであった。

世の冒険者たちは地面を指して言う。「そんなもの、この下、フィールブロンの地下に決まっとろうが」と。確かにそんな気がする。我々冒険者は直観として、迷宮《ラビリンス》というものは地下に階層状に連なっていると自然に思っている。

だが一度、冷静に考えてみてほしい。

証拠はあるだろうか？

そう問えば戸惑われるに違いない。お前は一階の上に二階があることの証拠を出せるのかと返せれば上出来の部類だ。

論じるには慣れが必要である。疑問の扉を開くための鍵を、あるいは飛躍によって提案せねばならない。

科学的な展開に慣れている諸君ならわかるであろう、その鍵とは〝連続性〟である。

一階から二階の空間を考えたときに、微小空間から微小空間への隔たりが一度もないこと。連続性を取る対象はなんでもいい。人類はいまだ空間の定式化に成功していないから、例として温度なり気圧なりを取ってみるのが適切だろう。それらの観測点を微小に動かしたときになめらかなふるまいをしていれば概ね連続であるということになる。*1

通常の建築物であるならば、一階から二階における連続性を担保してくれるのは階段という存在になる。

階段それ自体、階段と一階の接続部、階段と二階の接続部はそれぞれ容易に見通せ、温度を測ってグラフを描いてみても連続性は明らかであるように思われる。したがって一階の上に二階があることも自ずから明らかということになり、証拠を求めろと言われてもおかしなことを問われているようにしか聞こえない。

しかし、改めて問おう、それらの類推《アナロジー》で考えたとき、迷宮《ラビリンス》において第一階層と第二階層の連続性を担保してくれる存在は、なんだろうか？　迷宮《ラビリンス》に階段か、それに準ずる通路のようなものはあるだろうか？

端的にそんなものは存在しないはずなのだ。第一階層と第二階層は地続きではない。

そう、第一階層と第二階層を結ぶものは転送陣しかない。事態を混迷させる謎の中核はこの転送陣にある。

そして冒険者なら誰もが直観的にわかるように、転送陣を踏んで階層を移動する前後の空間はまるで連続していない。景色はもちろん気圧や温度もまるで違う。初めて迷宮潜《ラビリンス・ダイブ》に臨んで転送陣を踏み、気圧差で鼓膜が引っ張られたときの嬉しい不快感は冒険者であるならば鮮明に思い出せるはずだ。

つまり我々は転送陣によって空間が断絶されていることを体験しているにもかかわらず、結ばれているという一点において、迷宮《ラビリンス》は地下に向かって階層状に連なっていると信じているのである。

ここまでを知覚すると、むしろ抱えている認知自体が不自然なことに気付くはずだ。

なぜ我々は迷宮《ラビリンス》は地下に向かった階層構造だと思い込めているのか？

強いて実際的な要因を挙げるとするならば、それは冒険者ギルドの地下一階が迷宮《ラビリンス》第一階層であり、転送陣を踏んだ先に辿り着くのが第二階層である、ということが古代文字*2によって示されているからである。

一つ地下に行って第一階層なら、第二階層ならもう一つ地下に行っているはず。そのような素朴な推測、第一項のみから予感される規則性によって数列のすべてを断定している。

もしかすると、迷宮《ラビリンス》は塔のような建物でないから、消去法的に地下に潜るのではないかという直感もあるかもしれない。

はず。推測。予感。断定。消去法。直感。

迷宮《ラビリンス》が階層構造であると説得する材料は、不自然なまでに間接的な証拠未満の認識しかないのである。

我々はここに一縷《いちる》の作為を見出した。まるで妄断を促すかのように古代文字を刻んだ何者かの意思を見逃さなかった。

だが悲しきかな、気付きだけでは何かを変えるに至らない。漫然と醸成された緩やかで大きな流れというものに、大衆は逆らう力を持たないのである。これは同胞諸君も経験則として把握していることに違いない。

ならば抗える者は、真の冒険心《アーベンテイア》を持つ我々しかいないだろう。

迷宮《ラビリンス》がフィールブロンの地下にあると限らないのなら。

地下にないとするのなら、どこにあるのか？

もっと言えば、大衆を誤解に誘導した存在は、どこに迷宮《ラビリンス》を隠したのか？

謎と、謎を解く鍵は冒険者の歩みと共に増え続ける。

モンスターや動植物はもちろん、迷宮《ラビリンス》の壁も天井も、余すところなく由来のわからない未知の香りで溢れている。

解析は困難を極めている。諸君も知っての通り、迷宮《ラビリンス》の装置はありとあらゆる魔道具の理論が応用できない。謎の中核の一つでありながら第一階層から逃げも隠れもしないでいてくれる転送陣ですら、我々は原理の欠片にも接近できていないのである。

迷宮人[*3]とはかくも遠い存在なのか。圧倒的な技術差はときにまったくの無反応という形で残酷に我々を追い詰める。せいぜい装置をブラックボックスに閉じ込めて、その入出力を計算するくらいしか許されていないのだ。

ここまでくればもはや我々が用いる魔術とは別の体系、もっと不可思議な何かに基づいているのではないかとすら考えてしまう。

――たとえばそれは、おとぎ話に出てくる魔法のような。

失礼。科学だの技術だの書き連ねた結びがこのような夢想であったときの諸君の失望は容易に想像がつく。若かりし頃の私も憤慨《ふんがい》するに違いない。

だが、間違えてはならない。

論理や可謬性《かびゅうせい》、再現性は過程なのである。徹底的に事実に向き合えば必然的に満たされる必要条件に過ぎない。

科学の肝はそこではない。科学とは断じて、何か——多くの場合はおそらく自己、を弁護し、大衆を啓蒙するための思想ではない。事実を曲げることなく仮説を信じぬく、不合理なまでに強い意志。それこそが肝要なのだ。

素朴に問う。覚えはないだろうか？

諸君らが育ち、学んできた道程で洗練させた思想が正当化されたのは、論理という要件を満たしたがゆえだろうか？

断じて否であると、諸君なら言ってくれるに違いない。

筋道はあとから立ち、確かめるもの。反証などは誰かがやってくれる。

諸君をそこまで運んだものはなんだ。大きく緩やかで、それでいて忌むべき流れに抗ったのは何ゆえか。

胸に手を当てて考えたまえ。あるはずだ。刺々しくも熱を帯び、己を突き動かし、しかし誰にも共感されなかった塊が。

私はそれこそが、正しい資質だと確信している。』

同胞諸君に愛を込めて　　　　ハインケス博士

＊1：簡単のためこのような言い方をした。ゆめ怒るなかれ気難しい学徒諸君。気持ちはよーく

わかる。

＊２：一般的にそう言われるので借用させてもらうが、我々はこの文字が古代文明の産物であると断定しているわけではない。

＊３：迷宮《ラビリンス》を創った存在のことを私は個人的にそう呼んでいる。

第一話　目まぐるしく

傾きのついたベッドに背を任せてページをめくる。

まさか入院中に迷宮狂《ラビリンス・フリーク》が手に入るとは思わなかった。カミラさんがなんでも我が儘を言ってくれと言うので強いて口にしてみれば、あれよあれよという間に探すのにも一苦労のこの冊子が転がり込んできたのである。

迷宮狂《ラビリンス・フリーク》。

不定期に刊行され、遊撃《ゲリラ》的にフィールブロンの古書店に並べられる自称学術雑誌の同人誌である。

版元も流通経路も不明。わかるのは寄稿者のペンネームのみ。

だがしかし、寄せられる論文の先進性ゆえに一部では熱狂的な人気を集めていたりする。

迷宮《ラビリンス》研究に関しては冒険者ギルドが監修している公式の学術雑誌があるのだが、如何せん公式であるからして査読に時間がかかったり、迷宮《ラビリンス》の攻略に際して実用性の低い基礎的な研究は掲載が後回しにされる傾向がある。

その堅苦しさの穴埋めとして、何より未承認で先進的、場合によっては公式よりも数年早く最新の理論に触れられるということで、迷宮狂《ラビリンス・フリーク》は一部の冒険者を惹きつけてやまないのである。

……まあ、そんなことに興味がある冒険者はさして多くないのだけれど。

【竜の翼《ドラハンフルーグ》】にいたときは誰も迷宮《ラビリンス》そのものの謎には興味がなかった。俺はあくまで趣味として個人的に研究を進めていたから、余裕がなくなっていくにつれて趣味の分は減って、実用的なものばかりに向くようになっていった。

【夜蜻蛉《ナキリベラ》】の人たちはどうなのだろうか？　人数も多いし、そういう興味を持つ人もいそうな気はする。

「ヴィムさん」

いつぶりだろう。こうしてゆっくり本を読むというのは。

もともと俺はかなり本を読む方ではある。友達もいなかったから小さい頃に教会の書庫にあった本は童話も小説も図鑑も辞典も読みつくした。一人でこっそり百科事典《ブリテンニカ》を読破することが人生の目標だった時期もある。

だけどここ最近はまったく本を読めていなかった。

【竜の翼《ドラハンフルーグ》】から追放される前にはなんとかパーティーに残してもらおうと必死だったし、【夜蜻蛉《ナキリベラ》】に拾われてからは怒涛の毎日でそんな暇はなかった。

だけどこれからは違う。【夜蜻蛉《ナキリベラ》】にはきちんとした休暇と十分すぎる給料がある。多少なりとも余裕が出てくるだろうし、そうなったらまた個人的に研究だったり論文の執筆だったりを再開してもいいかもしれない。

「ヴィムさん、団長がいらっしゃいました」

しかし、やはりこの雑誌は安心感があるなぁ、と偉そうに思ってみたりなんかする。

内容はもちろんのこと、厳格な査読を経ていないがゆえの粗さ、無駄を省いたら残らないような思想が見え隠れして、客観的な文章であるはずの論文に、共感さえすることがある。

中でもこの雑誌の最先鋒にいるハインケス博士の論文は素晴らしい。

なぜか公式の学術雑誌で見ることはまったくない名前だけれど、それでもたくさんの研究者たちが彼を知っていることは明白なぐらい、学会では彼が立てる仮説と切り拓く地平に魅了された人が――

「ヴィム少年」

「ふぁい⁉」

ぱしん、と肩を叩かれてようやく気付いた。

顔を上げる。

「私を無視するとはいい度胸じゃないか、はっはっは」

困り顔の看護師さんと、頬をひくひくさせたカミラさんが俺を見下ろしていた。

あ、やらかした。聞こえてなかった。

「すみませんすみませんすみません！」

「冗談だ。すまないな、読書の邪魔をしてしまって」

平謝りする俺を見て彼女は頬を綻ばせ、そのまま横を向いた。

「来客なのだが、応接室までなら連れだして問題ないかね？」

「はい。ただ、あまり長時間にはならないようお願いします」

「わかった」

あれ？　怒ってない？

「ヴィム少年、緊急の来客だ。下の階まで来られるかね」

「あっ……はい。もちろん。伺います」

看護師さんから一応の松葉杖をもらって、ベッドから降りる。

まず脚を下ろして、血が頭から足にすーっと流れる感触がする。落ち着いたら立ち上がって、また頭から血がすーっと下りていく。

カミラさんが肩を軽く支えてくれた。

「大丈夫かね」

「は、はい……ありがとうございます」

冒険者として情けないくらい体力は落ちているけど、これでもかなり回復した方だ。

第九十八階層の階層主《ボス》との戦いで、俺の体はほとんど限界近くまで酷使されたらしい。もともと普通の人間とほとんど強度が変わらない付与術師の体に強化《バフ》をかけ続けるということは、どれだけ高効率を実現したとしても誤差という形で負担があっという間に蓄積してしまう。

零か百かという話ではないけど、お医者様にはそんなに何回もできる無茶ではないと釘を刺されてしまった。

右手で手すりを持ち、左肩をカミラさんに支えられながらなんとか階段を降りていれば、その言葉の意味が染みる。実感とも一致してしまう。

あんな奇跡、もう何回も起こせない。

「あのっ……カミラさん、来客、というのは……？」

「うーむ、実は階層主《ボス》が倒されたという報告が行った時点から面会の打診は来ていたのだがな」

カミラさんは歩幅を狭めて、俺が無理なく階段を降りられるように余裕たっぷりに肩を貸してくれていたのだけれど、それにしてはちょっと言いづらそうにしていた。

「君の意識も戻っていなかったし、というか君が気後れしてしまうだろうから、然るべきときまで伏せていたのだが……先方が痺れを切らしてしまってな」

……あのカミラさんが、断れない相手？

「ギルドマスターが君に会いたいと言ってきた」


病院の一階の応接間にて、俺はギルドマスターと対面していた。

名はゴットヘルフ＝クノッヘンハウアー。

かつて巨大な戦鎚を得物に迷宮《ラビリンス》を開拓した、伝説の御仁である。

冒険者なら知らぬ者はいないというか、冒険者の象徴みたいな人なので、当然俺も知っている。

公の場に何度も姿を現しているし、とにかく背丈も肩幅も桁外れに大きいので目立つことこの上ない。応接間の二人掛けのソファーでも大きさが足りておらず、半ばしゃがむような形で俺の前にお座りになられている。

職業は、その巨躯からは誰も想像がつかないかもしれないが、なんと神官。

実は神官の職業を取得したときの肉体の強化幅は戦士に次いで、魔術師や付与術師よりも圧倒的に大きい。そこで生まれた発想が、戦士に次ぐ強い膂力《りょりょく》で戦いながら、自己治癒魔術を用いて継戦能力を極限まで高める、というものだった。

机上の空論と言われたこの「神官戦士」を実現し、世に知らしめたのが彼だ。

人呼んで〝金剛石〟のゴットヘルフ。

怖い。マジ怖い。

カミラさんの数倍の圧迫感を四方八方から押し付けられている感じだ。

「ヴィム＝シュトラウス殿、ヴィム殿とお呼びすればいいかな？」

俺の頭を丸呑みできそうなほど太い首。

くっきり見える喉仏が震えて、深くて低い声が俺の心臓にまで届く。

「ひっ……」

ダメだ声が出ない。

用があるなら然るべき書面にて文字を介して意思疎通をお願いしたい。

しかしそんなの通らない。

一介の冒険者である俺からすればギルドマスターなんて雲の上の人である。俺の体を気遣ってわざわざこちらまで出向いてくれたというのに追い返すわけにはいかない。

「ぁ、ぁの、……」

「はっはっは、物静かな方とは聞き及んでおりましたが、そう緊張なされるな。何も責め立てにきたわけでもあるまいて」

恰幅のいい体が揺れ、振動がこちらまで伝わってくる。

親しげにしようとしてくださっているのはわかるので、俺もなんとかして緊張を解くように頑張る。

「階層主《ボス》撃破のお祝いと、お礼を申し上げにきたに過ぎませぬ。あと少しの確認がありましてな」

「……ぁの、それは、どうも、ありがとうございます」

ギルドマスターは大きな両手を開いて掌を見せつつ、言った。

「これにて第九十八階層は突破され、新たな階層への扉が開かれました。冒険者たちも新たな期待を胸に迷宮《ラビリンス》に向かうことができるでしょう。本当に大きな前進です」

その老いた目はいまだに爛々と輝いており、俺の目を真正面から射貫く。

「その第九十八階層の階層主《ボス》を単独で倒した功労者となれば、出向かないわけにはいきませぬ。本当によくやってくださった」

単独？

「……その、単独、とは？　その、【夜蜻蛉《ナキリベラ》】全体で倒したのであって」

俺がそう言うと、ギルドマスターは丸い目をして、笑った。

「はっはっは！　なるほど、ヴィム殿、あなたはカミラの言う通りの御仁であったか！」

　膝を叩きながら大笑いをしている。叩く勢いが余って床が軋んでいた。

「形態変化を引き出し、その上で一人で撃破となればそれはもう単独も同然です。カミラも、【夜蜻蛉《ナキリベラ》】全体の総意としてそのような報告書を提出しております。なのでヴィム殿、あとはあなたが認めるだけです」

「それはその、なんというか、違うような、その」

「正当な評価です。受け取ってくだされ。つきましては踏破祭《デイヒプライナヘン》の授与式にも出席していただき、賞金も受け取っていただくことになりまする」

　その単語を聞いて、唾を呑んだ。

　踏破祭《デイヒプライナヘン》。

　迷宮《ラビリンス》の階層主《ボス》を倒し、次の階層への道が開かれたときに行われるフィールブロン最大の祝祭。その階層の踏破《とうは》に貢献した冒険者が、最高の名誉に与れる瞬間。

　そうだ、あまりにも俺と距離があることだから頭から抜けていた。

　階層主《ボス》を倒すということは、本来そのくらいの出来事だ。

「異例のことですが、第九十七階層が突破された直後ですので二階層分まとめて執り行うことになります。フィールブロン史上最大の規模になるでしょう。存分に期待に胸を膨らませていただいて構いませんぞ」

　そんなことを言われると、どうしても少しくらいは夢想してしまう。

ああもう、落ち着いて考えられない。

まず報告書についてカミラさんに確認するべきだろう。

そして然るべき修正を加えてもらって──

「ヴィム殿。異例のことなのです。本当に、異例のことなのですよ」

俺があれこれ足りない頭を回そうとしていると、ギルドマスターの声色が変わった。

少しではあったが明確な変化で、先ほどまでの気のいい声に、真剣なものが混じった。

「数年ぶりに、それもたった四人で第九十七階層の階層主《ボス》を倒した【竜の翼《ドラハンフルーグ》】。その直後、わずか数か月で第九十八階層の階層主《ボス》が撃破された。その階層主《ボス》を倒したのはたった一人の冒険者で、【竜の翼《ドラハンフルーグ》】を追放されている」

これが本題だということはすぐにわかった。

「ヴィム殿、何も疑うなという方が無理があるでしょう」

大柄で豪快な印象とはまったく逆の、精緻で鋭い目線が俺に向けられていた。

俺が押し黙っていると、ギルドマスターは言った。

「【竜の翼《ドラハンフルーグ》】が第九十七階層の階層主《ボス》、通称〝大鰐《おおわに》〟を倒したことはもはやフィールブロンでは周知です。しかしいまだにギルドの正式な認定はされていないのはご存じですかな?」

初耳、ではない。

一応聞き及んでいる話ではある。

でも詳細はまったく知らないし、ギルド側の手続きの問題だと思っていたのだが。

「それは、審査中ってだけでは……？」

「この私が、審査を止めているからですよ」

まったく悪びれる様子もなく、無表情だった。

感情が読めない。

俺はいったい何を求められている？

「その……なぜでしょう？　討伐証明部位とか報告書の類は不備がないようにしたと思うのですが……」

「ああもちろん。完璧でしたとも。ヴィム殿、あなたは事務方の中では有名人なのですよ。仕事が丁寧で無矛盾かつ目次付き。書類仕事の苦労を理解なされているようだ、とね。何せ冒険者は荒くれ者が多い。ギルドとしても報告書等々の指導には手を焼いておりましてな」

「……あの、その、へへへ。ご迷惑をおかけしてなかったのならいいのですが」

これは褒められているのか？　そんなわけない。

「なら、どうして……？」

「報告書によると、クロノス殿、ニクラ殿、メーリス殿、ヴィム殿の四人は大鰐に死を覚悟して立ち向かい、形態変化を引き出すまでに追い詰めた。しかしあなた以外の三人は止めの一歩前で力尽きてしまい、残ったあなたが最後の一撃を見舞って討伐に成功。三人を救助して迷宮《ラビリンス》を脱出した。概ねこんなものだったと思いますが、合っていますかな？」

「……はい。事実です」

問題ない。

そういうことにしたのだ。

みんなが言外にそう求めていたのはいつものことで、何より俺もそれでよかった。

事実として迷宮潜《ラビリンス・ダイブ》は【竜の翼《ドラハンフルーグ》】全体で行ったものだし、もし俺が一人で倒したなんて話を吹聴したらパーティーにとっていいことがあるはずもない。

口裏合わせ、と明言したことはないけど近いことはやった。

これは迷宮《ラビリンス》の秘め事。

報告書と証言が一致すればそれ以上深入りすることはできない。

「部下に命じ、記者を装わせて話を聞いたのですがね。あなたが去って以降はクロノス殿が止めも刺したことになっていますぞ」

……あー。

そうか、そういうことしちゃうか。まあクロノスだしなぁ。

「……クロノスも冒険者なので、誇張するなんてよくあるというか、その、重要なのは報告書と物証で、記者みたいな人に話すときはまた別、では」

というかなんなんだギルドの側も。

わざわざそういうことをするのか？

何がしたい？

「無矛盾かつ制度に沿っているから正しい、などというのは子供の理屈ですぞ。素直に見ておかしいものはおかしい。クロノス殿は確かに才気煥発でありますが、如何せん器が足りませぬ」

ギルドマスターの力強い目が俺を射貫いた。

「あの、ギルドマスター」

でもわけがわからない。

「つまるところ、僕に何を求めているんでしょう、か……？」

恐る恐る聞く。

ギルドマスターはわずかな笑みを湛えて言う。

「ヴィム殿、迷宮《ラビリンス》は理不尽極まりない場所です。しかし冒険者は夢を抱き、命を賭して潜っていく。多くの場合それは報われない」

具体的に見たことがある顔だった。

式とかそういう類で見たことがある、演説するときのような顔。

「ならせめて送り出す側くらいは公明正大でなければならんでしょう。ましてやこれは階層主《ボス》の討伐という最大の栄誉の話です。紋切型を利用した虚偽をわかってなお看過することは、罪です」

ヴィム殿、と俺に真正面に向き合う。

「あなたには名誉を回復する権利がある」

ああ、そういうことかと理解した。

この人はきっと、正しい人なのだ。信念の下に話す人だ。

ギルドという存在にとっても階層主《ボス》討伐の扱いは重大に違いない。

こうするのが正しいし、後々問題にもならないと判断したことにはしっかり理がある。

自分の正義と組織が一致して、その上で規則を超越し、俺の味方だと言ってくれているのだ。

嬉しい気持ちがあった。

ずっと下を向いて耐えていたから、大きな力を持つ人がこう言ってくれたのは報われた気分になる。

胸が熱くなる。

俺の行動を見てくれる人がいた。

感じた理不尽を、理不尽だと言ってくれる人がいた。

そしてふと、素直な気持ちに立ち返って、自分が感じたことを総じて心に思う。

……正直に言って、やめてほしい。

「【竜の翼《ドラハンフルーグ》】は階層主《ボス》を倒し、そのあと僕が抜けた。そして僕は【夜蜻蛉《ナキリベラ》】でお世話になって、第九十八階層が突破され、みなさんは僕の尽力を評価してくださっている」

過去の話なんて考えたくない。俺の中で消化する見込みすら立っていないのに。

「それで、何か問題がありますか？」

自分でもびっくりするほど冷たい声が出た。

ちょっとして、我に返った。

「すみませんすみません、そんなつもりはなくて、その、報告書が全部の事実なので、それ以上はなんとも言えないというのが」

「……わかりました」

　ギルドマスターは芝居がかった顔を引っ込めて立ち上がり、扉へ向かった。

「踏破祭《デイヒブライナヘン》には、出席していただきたく。せめて第九十八階層の分の栄誉は、受け取ってください」


「終わりましたか」

「ああ」

　病院を出ると、カミラが街中で悠然と待ち構えていた。

「どうです、ギルドマスター。あれがヴィム少年です」

　己《おれ》とお前が並ぶと目立つからやめろ、と何度か言ったことがあるが、まあそんなことを気にするやつではない。

「わからん。本当に、わけがわからん」

　ギルドマスターに就任して長いこともあり、人を見抜く目には自信があったつもりだが、それでもあのヴィム＝シュトラウスという男はわけがわからない。

「カミラ、あの少年は階層主《ボス》を倒した自覚があるのか？」

「聡い少年です。額面通りの事実なら全部を承知しているでしょう」

「それはそうだろうが……」

階層主《ボス》を単独で撃破など、まったくもってふざけているとしか言いようがない。カミラ含む【夜蜻蛉《ナキリベラ》】全員が幻術の類にかけられたと考えた方がまだ筋が通る。

しかし物証と証言、何よりカミラの実績をもってすれば疑う余地がない。

これでヴィム殿が才気溢れる大男だったらまだ肩透かしを食らわずに済んだが、あの少年はまったく強者然としていない。

強者はその風格に肌で感じられるほどの気配を備えているものだ。

けれど己《おれ》は、街中からあの少年を見つけられる自信がない。

「わからんのだ。少なくとも受け身のまま凄みを感じられるような男ではない」

「しかし、ヴィム少年が本気になれば我々など瞬殺されるでしょう」

「そんな雰囲気はなかったがなぁ」

「しばらく共に過ごしてみればわかります。彼はいくら大金を積んでも釣り合わない」

「入れ込んでいるな」

「ええ。必ず獲得してみせます」

カミラは確信じみた目をしていた。

彼女がここまで一人の人間に執着するのは珍しい。なまじ己《おれ》の実感とズレがある分、奇妙さすら感じる。

いや、当然と言えば当然なのだ。普通は数年かける階層主《ボス》の討伐を単独で成し遂げられる戦力というのは、それだけの意味を持つ。

己《おれ》も最善を尽くさねばならぬ。わからないなどと言っている暇はない。

それだけに、拭えない違和感をどうしても説明したくなる。

あの少年に入れ込むカミラの目に、どこか不安定な揺らぎを感じていた。彼を取り巻くものを安易に見通してはいけないような。彼が生じさせる力場を、尋常のものと捉えてはならないような、そんな感触だった。

唯一感じたものがあるとすれば、最後のあの一言だ。

——それで、何か問題がありますか？

凡庸な風体の奥に垣間見えた、芯のような何か。

拒絶か、端から用いる論理が違うようなそんな感触。

振り返ってみれば発言にしても挙動にしても、彼の反応はどこか表面的だった。

果たしてあの少年は、己《おれ》を相手にしていたか？

＊

入院生活が暇でゆっくり本を読む時間があったのは、意識が戻ってから束の間のことだった。

怪我の具合がすっかり落ち着いて、あとはゆっくり回復するだけというわけで、来客が解禁となり、そんな時間はなくなってしまった。

「ヴィムさん！」

今日最初に来たのはアーベル君である。

「着替え、置いておきますね」

「あ……ありがとう」

「何か足りないものはありませんか？」

「だ、大丈夫……むしろもらいすぎて困ってるくらいで」

ベッドが置いてあるのは病室の真ん中。来客が座るのはベッドと扉の間に置いてある丸椅子。そしてその反対側、窓とベッドの間には、もう消費しきれるかわからない量のお見舞い品が山のように積まれていた。

「体調はいかがですか？」

「そ、その……かなり、いいです。ありがとう」

「それはよかった！」

アーベル君はほとんど毎日来てくれる。盾部隊の若き隊長ということで忙しいはずなのに、俺の世話役まで買って出てくれているようだ。

「ヴィムさん。何度も言っていますけど、俺、本当に感謝してます。ヴィムさんは俺の恩人です」

何やら、俺を慕ってくれているようでもある。毎日会うたびにこんなことを言ってくれる。

悪い気はしないけど、さすがに気恥ずかしい。

「すみません、俺、あまり畏まって喋るの得意じゃなくて……でも、あのときのヴィムさん、めちゃくちゃ格好よかったです！」

「あ、ありがとう、ははは……」

次に来たのは後衛部隊と索敵部隊の人たち。

「ヴィム君、調子はどうだね？」

「もう大分良くなりました。ありがとうございます」

「すっかり顔色もよくなりましたね！　先週よりもふっくらしてます！」

「ははは……そうだといいんですが」

ジーモンさんと、隣の女性の名前は……憶えていない。マズい、名前を呼ぶタイミングが来ないようにしなければ。

彼女だけじゃない。この来客だけでゆうに三十人は超えている。顔と名前が一致しない人がたくさんいる。

……いや、言い訳にならない。昔から人の顔を覚えるのは苦手だけど、さすがにこの有様では今後の迷宮潜《ラビリンス・ダイブ》に支障をきたす。

「その……みなさん、ありがとうございます。お忙しい中来てくださって。元気が出ます」

ここは頑張りどころだ。せめて愛想よくしないと。

「お花をお持ちしました。最近出た品種なんですけど、この百合、鎮静効果のある香りってことで評判らしくて」

「ありがとうございます。えっと、お花はそこに積んでいただければ、看護師さんがお水をあげてくれるらしいので……」

「実家で育てているオリーブです。酢漬けにしているので日持ちします」

「あ、ありがとうございます。ゆっくり食べてみますね」

「最近売れているらしい小説を持ってきてみました。ヴィムさんは結構な読書家だと聞いたので」

「ど、どうも。ありがとうございます。読んでみます」

そうしていたら、あれよあれよという間に見舞い品の山が大きくなっていった。

この量はさすがに、全部処理できる自信がない。

慣れた人なら、今ここでみんなで食べましょう！　とか言えるのだろうか。

絶対無理なので、大人しく持って帰ってゆっくり食べつつ、腐らせたものは虚空に頭を下げながら捨てることになるような……

誰か内緒で一緒に食べてくれる人、いないかな。

友達なんていない俺だけど、そう考えると一人思い浮かぶ人がいた。

そういえば、ハイデマリーが一度も来ていない。

頭を振った。てっきり彼女が見舞いにきてくれるものだと、変な期待のようなものをしてしまっていたのだとわかって、恥ずかしくなった。

いやいや、彼女は選ばれし職業、賢者なのである。

若くして【夜蜻蛉《ナキリベラ》】の後衛部隊長として迷宮潜《ラビリンス・ダイブ》に勤しむだけでなく、賢者協会を通してやってくる国からの依頼に応えて魔術研究も行っている。同郷の友であるからかまってくれることがあるだけで、本来なら俺みたいなのにかまっている暇なんてないに違いないのだ。

この見舞い品は自分でなんとかしよう、と思い直した。


それからもひっきりなしに面会があった。

そもそも【夜蜻蛉《ナキリベラ》】は総勢百名を超える巨大なパーティー。下部組織も合わせるとゆうに千人は下らないらしい。さらに前回の大規模調査で俺に命を助けられたということで、団員の家族や恋人までが挨拶に来てくれたりする。

これでもカミラさんが面会を絞ってくれているらしいのだけど、中にはどうしても挨拶をしたい身内というものがあるらしく、俺としても断るわけにはいかなかった。

「初めまして。私は【夜蜻蛉《ナキリベラ》】本体の弟分、【夕水蘁《リベレンラーブ》】で団長をしております、ゲレオンと申します」

「あっ、はい……よろしくお願いします」

「このたびは大変なお手柄を立てられたということで、二次団体としましてはぜひご挨拶差し上げたく……」

言葉は悪いが、ひどく陰気というか、縁起の悪い印象がある人だった。視線が下に向きがちで、会話をするのになんとなく壁があるような。

そんなことを一方的に思ったのだけれど、俺は不思議とこの人に安心感に近い親しみを覚えていた。初対面から元気よく話しかけられるよりは、焦らないでいいような。

「と言いましても、団長を任せていただいたのはつい最近なのですが、ひひひひひ」

あ、本当に親近感湧く。絶対この人友達いない。

「こちら、つまらないものでございますが、お持ちしました。お納めください」

「あ、ありがとうございます。すみません、お見舞い品は、その、窓の下に置いてもらうようお願いしていまして」

「承知しました。ではでは」

ゲレオンさんは背を屈めながらベッドの反対側、窓の方に小包みを持って行った。

「ややっ⁉　ちょいと失礼して、よろしいかな？」

「……はい？」

その途中で彼が急に違う声色を上げたので、びっくりした。

「これはっ……迷宮狂《ラビリンス・フリーク》ではございませんか！」

彼が見たのは、俺が左の脇に置いていた迷宮狂《ラビリンス・フリーク》のようだった。

「こんなところに同胞がいたとは！　それも、かのヴィム＝シュトラウス氏がそうとは！　いやはや！」

同胞？

「あっ、えっと、その、ゲレオンさんも？」

「はい！　読んでおります！　いえ、失礼！　それどころか寄稿するくらいの熱の入れ具合でございます！」

驚いた。

俺以外の迷宮狂《ラビリンス・フリーク》の読者、それも寄稿するくらいの人には初めて会った。

お、おお、なんだかとても嬉しい気がする。

でも、いざその嬉しさを表現しようとすると、どうふるまえばいいのかわからなかった。

もちろん迷宮狂《ラビリンス・フリーク》のことを喋ればいいんだろうけど、実際に話そうと考えると、何が面白いのか、どう共有すればいいのかよくわからない。

そもそも俺はこの雑誌の何を面白いと思ったのか。俺にとってこの雑誌はなんなのか。それは他者が共感し得るものなのか。俺の楽しみ方は独りよがりではないのか。いやいや、楽しむという行為はそれ自体が独りよがりな性質があって……

あれ、面白いって、なんだ？

俺があたふたしているのを見かねてか、ゲレオンさんが微笑んで口を開いた。

「私が寄稿して掲載されたのは一年前でして。題は『転送陣を描く蛍光性塗料についての一考察』でございます」

「……あ！　はい！　覚えてます！　先行研究なしで単体で読めて、えっと」

読んだことがあったたし、面白かった論文だった。救われたような心地で、これで話そうと勢いづいた。

「……面白かったです」

まあしかし、気の利いた感想なんて言えるわけもなかった。

「ひひひひひ。あぁ、嬉しいですなぁ。私も引き続き研究を行っておりまして、近いうちにまた掲載される目途が立っているのです。その際にはぜひぜひご高覧願いたく……」

だけどゲレオンさんは優しく返してくれて、安心した。

「……その、も、もちろんです。あ、ちゃんと迷宮狂《ラビリンス・フリーク》が手に入ればということですが」

「そこは心配なされるな。同胞と知れた以上、私がお持ちしましょう」

「あっ、えっ、……いいんですか?」

それは、素直に嬉しい。

いつも探すだけで一苦労で、好きであっても購読するのは結構億劫なところがあったのだ。

「ええ。実は個人的に特殊な伝手が……む?　あ、いや、それなら」

「はい?」

「うーむ、言っていいものか……シュトラウス氏、しばしお待ちを」

と思ったら、彼は口をつぐんでしまった。

「試すような問いかけで申し訳ないのですが、シュトラウス氏、貴殿はちょくちょく論文の執筆に励んでいたと聞き及んでおります。間違いないですかな?」

「あ、はい。いや、もうここ半年とか一年くらいは何もできていないですが、落ち着いたらゆっくり再開しようかと」

「左様でございますか。いやいや、同胞はみなそうなのです。失礼いたしました。言いましょう」

　彼は四本の指をぴたりと引っ付けて屋根にし、口の上半分を覆って小声で言った。

「私、実はこの迷宮狂《ラビリンス・フリーク》の編纂に関わっている者でございまして」

「え？」

「ああ！　もちろん、【夕水薑《リベレンラーブ》】の業務とは別、趣味の領域です。同誌を発行しております、とある団体が母体となった同好会《サークル》に参加させていただいている形です」

　衝撃だった。

　あ、いや、本当か？

　話が速すぎて疑ってしまうくらいである。

　俺のそういう雰囲気をゲレオンさんも感じたらしかった。

「失礼失礼。初対面なのに興奮してしまって。しかしそう何回もある機会ではございますまい。我々の集まりにご招待さしあげます。ご興味がおありなら、ぜひ」

　ちょいと失礼、と言って、ゲレオンさんは置いた鞄の奥をごそごそと探り始めた。中身が相当整理されていないらしくて、鞄の外側からも角ばった何かの形が見えた。

「ああ、ありましたありました。これを」

そうして渡されたのは、一枚の名刺だった。表にはゲレオンさんの名前、裏には光の反射で見えたり見えなくなったりする金文字が刷られていた。

「地図を載せるわけにはいきませぬでな。迂遠でございますが、文の通りの道筋でお願いいたします。気が向いたときで構いませぬ。どこかの日付の、お時間合うときにお待ちしております」

「……わかりました」

さっきの一瞬吹かせたかのようなテンションの上り幅は落ち着いて、第一印象通りの静かで暗い感じに戻っていた。

なんだか既視感があるような気がしていたけど、今確信した。

俺だ。やっぱりこの人、同類だ。

そう思うと、最初に抱いた親近感は間違いじゃない気がしてきた。

「くれぐれもね、カミラ団長にはご内密に。確と挨拶をしたということでよろしくお願いいたします」

ゲレオンさんは縁起の悪い顔を崩さないまま、ぬっと病室を出ていった。


全部の面会が終わる頃には、もうすっかり夕方だった。

これから夜まで時間はあるから本でも読もうと思ったけど、気力が残っていない。

ベッドにもたれなおして息を吐き、頭をからっぽにしようとすると、今日会った人たちの顔がぐるぐると思い出される。

アーベル君と、ジーモンさん率いる索敵部隊の人たち、後衛部隊の人も。それから、ゲレオンさん。

「……ああいう人もいるんだな」

【夜蜻蛉《ナキリベラ》】の人は基本的にキラキラした人ばかりだから、俺のような人種はいないと思っていたけど、意外や意外、彼のような人がいるくらいの懐の深さがあるパーティーのようだった。

妙にふわふわする心地だ。

立場が目まぐるしく変わっている。人がわーっと集まって、あれよあれよという間に担ぎ上げられている。

【竜の翼《ドラハンフルーグ》】を追放され次の仕事にも困っていたのがつい最近。なのに今や俺に会いに来る人がたくさんいて、あまつさえ俺の方が立場が上という前提で敬語まで使ってくれる。

これは……嬉しい、のだろうか。

くすぐったく湧き上がるものはある。得意になってしまう予感もする。それをみんなが正当化してくれることを期待して、半分は確信すらしてしまっている。

出世だとか、手柄を立てるだとか、そういう快感はこれなのかと。言葉を知っているだけで空だった器に中身が入るみたいに理解する。

【竜の翼《ドラハンフルーグ》】にいた頃憧れていたものの中には、こういうものが含まれているんだろうなという気がした。

でも、気疲れしてしまうような。

少なくとも今は、本の方が読みたいかもしれない。

愛用の山刀《マチエット》を構えて、軽く振り下ろす。

剣尖を躍らせながら柄《つか》を顔の横に添えるように構えなおし、突きに応用。

二歩下がってまた構えなおし。

そのあとは二回三回回って飛んだり跳ねたり。

「……信じられん」

主治医の先生の反応を見るに、上々のようだ。

こうして中庭で実際に動いてみせる許可をもらうのは骨が折れた。というかつい最近まで本当に骨が折れていたこともあって、本当に大変だった。

目覚めてから二週間、食べては寝てを繰り返し、昨日からリハビリを開始してここまでの状態に持ってきたのだ。

「あの、先生、どうでしょう」

「ここまで動かれては、留めるわけにもいきませんな」

よし。

「本当に、痛みはないんですな？」

「……はい、もちろん」

ここはフィールブロンでも最高峰の技術を持つ神官が集まった病院だ。

今は馬鹿みたいに高い入院費を丸ごと【夜蜻蛉《ナキリベラ》】が肩代わりしてくれている状態で、あまり長い間世話になるわけにもいかない。

……まあ、早く出たくもあったし。

少々強引な手段を試してみたけどどうまくいったようだ。

「いいですかヴィムさん。やせ我慢は禁物です」

先生は俺の眼をじっと見つめた。

「強化《バフ》がかかっているようには見えませんね……隠されたらこちらも見抜けるものではありませんが」

「そんな、まさか。誤魔化そうなんて」

してない。今は。少なくともちゃんと体は治っている。

「わかりました。信用しましょう。ただし精密な検査を受けていただきますよ」


受付の人に見送られて病院の玄関を出ると、カミラさんが待ってくれていた。

引いた目で見て改めて思うけど、やはり彼女はよく目立つというか、存在感が強い。街中で人に囲まれるのも似合うし、草原を背景に飾られた彫像みたいに、街外れの自然もよく似合う。

それに加えて今日は、特別目を引くこともあった。

私服だ。あのカミラさんが私服を着ていたのである。

一般的な女性用——酒屋の店員が着るようなお嬢さん服《ディアンドル》ではなく、白のシャツに思いきり大柄な男性用の革ズボン《レーダーホーゼン》を穿いていた。

　執務室でも軽鎧を着ている人だったので、物凄い違和感だった。

「ああ、ヴィム少年」

「……どうも。すみません、カミラさんに送っていただくなんて」

「気にするな。【夜蜻蛉《ナキリベラ》】としても君に敬意を表す手段が足りずに困っているところだ」

「ははは……」

　入院していたときも感じていたけど、【夜蜻蛉《ナキリベラ》】の対応がやたらめったら手厚いのはやはりそういうことなのか。

　なら、早く退院して間違いはなかったみたいだ。

「……ヴィム少年、物珍しいのはわかるが、そこまでジロジロ見られるとこちらも気恥ずかしい」

「っ、いえ！　物珍しいとかでは！　お似合いです！」

「まあ私も違和感が拭えんのだがな！　女物を着るよりはマシだろう！」

　はっはっは、と笑っているが、なんと返せばいいのかわからなくて困る。

　自虐なのだろうか。しかし気にしている素振りは一切ないし、褒めるところでもないし。

「その、カミラさんはいつも鎧ですけども、その」

「ん？　ああ、そうだぞ。ここ数年鎧以外は着ていなかったのだが、昨日、主治医に療養期間中は軽い服を着ろと言われてな。なんとか体格に合うものを見繕った」

「なるほど」

なるほどと言ってみたものの、ちょっとよくわからない。鎧以外着ていないっていったいどういうことだ。寝るときとかどうしてるんだろう？

着てないってこと？　つまり裸か？　隣で画家がデッサンをしてそうな光景が思い浮かぶ。

では行こうか、とカミラさんに言われて歩き出した。

街から外れた病院への道を逆に歩くことになるわけで、それらしく自然に整備された街道の脇の、たくさんの木々が目に入った。

昼過ぎの穏やかな気候が心地いい。

「ヴィム少年、そろそろ所属禁止期間が解けるわけだが、考えてくれたか」

カミラさんはそう切り出した。

団長自ら出向いてくれたということは、そういうことだと察してはいた。

俺はすでに仮団員ではあるが、制度上はまだ確定していない。所属禁止期間が解ければ、いよいよ正式に入団するか否かの決断が迫られることになる。

「おそらく君には他のパーティーから高額の勧誘が来るだろう。少なくとも月給一万メルクが下限。一万五千程度なら出すパーティーがいてもおかしくない」

……さすがに冗談では？

それは大きなパーティーの大規模調査の費用に匹敵するくらいの月給だ。

普通の人なら一生暮らせる以上の生活ができる。

でも、カミラさんの目は本気だった。

いつもみたいに逃げたり、笑って誤魔化せるふうでもない。

「【夜蜻蛉《ナキリベラ》】からはまず二万を提示しよう。それを上回る提示が出た場合はさらに千ずつ上乗せしていく。この提示は君の自己申告のみでも構わない」

「それは、あまりに気前が良すぎでは……？　その、評価してくださるのは有難いですけど」

「なに、これでも十分お釣りが来る」

「そのっ、成果は……あの、俺も、誇らしいので。でも実はあれは本当にまぐれの産物といいますか。だから一回の報酬とかならわかるといえばわかるんですけど、その……継続的にお給金をいただくというのは、理には適っていないかなー、なんて。ははは」

「……階層主《ボス》を倒してその態度でいられるのは、かえって豪胆だな」

まったくふざけている様子がない。

そのせいで俺もどう反応していいかわからない。

うん、まぐれとはいえ階層主《ボス》を倒した、ということなんだから、妥当なのか……？

妥当な気もするけど、俺だぞ？

そんな評価が釣り合うとは、いや評価してくれること自体はとても嬉しいけど。

「今すぐ決めろと言っているわけではない。もはや君はフィールブロン全体の財産だ、不平等な条件で囲い込むことはしない。だが【夜蜻蛉《ナキリベラ》】は君に最高の条件を提示することを約束する」

あくまで真摯なカミラさんの対応と、提示された非現実的な金額に実感が湧かない。

どうしても答えあぐねてしまう。

「まあ、結論を急ぐことはない。ゲストハウスにはまだしばらく住んでくれていいし、決まったらぜひ私のところに来てくれ」

「……はい」

猶予を与えられてほっとする。

「しかしヴィム少年、これは老婆心だが、これから君に会いに来るであろうパーティーに関していくつか忠告しておかなければならないことがある」

「はい？」

一呼吸が置かれた。

「具体的に言えば、闇地図等を取り扱うパーティーだな。フィールブロンの暗部、人間の屑共の巣窟が君を取り込もうとするかもしれん。私が今日君を迎えにきたのは、そのような手合いと一対一で会うことを防ぐ目的もある」

「闇地図、ですか」

知らない言葉ではない。冒険者なら最初にギルドに指導される事柄の一つだ。

実のところ階層主《ボス》を倒すことを考えず、開拓もしなければ、迷宮《ラビリンス》の地図《マップ》を作ること自体はそれほど難しくなかったりする。

話は簡単で、ある使い捨ての人員に強固な伝達魔術をかけてできるだけ遠くまで行かせて、伝達された情報を地図《マップ》に落とし込めばいい。

もちろん、その人員の帰還は考慮されていないので十中八九モンスターに襲われて死ぬことになる。

この類の命を使い捨てにする方法によって作られるのが闇地図だ。

あまりに非人道的かつ人的資源を徒《いたずら》に消費するので冒険者ギルドではその製造も購入も使用も固く禁止されている。しかしその有用性と生み出す金の大きさから根絶が難しい。

フィールブロン最大の闇の一つだ。

「ああ、他にも禁止麻薬に法律の穴を突いた奴隷労働契約、法律なんて無視した亜人種《アウスレンダー》の人身売買になんでもござれだ。フィールブロンは巨大都市だが、これらの元凶、諸悪の根源は一つのパーティーに集約される」

カミラさんは苦い顔をしながら、おもむろに言った。

「【黄昏の梟《ミナーヴァ・アカイア》】という名前に聞き覚えはあるかね」

「ない……です」

「うむ。君が正道を歩んできたことがわかるな。ほっとする。だがこれからは覚えておいた方がいい。一枚布をめくったら目に入れざるをえない、強大な闇だ」

口にするのも憚《はばか》られるような、といった雰囲気だった。

「いいか、追い詰められたパーティーやものを知らない若者が、何か楽をしようと思ったり、欲に駆られたり、弱みを持った瞬間に【黄昏の梟《ミナーヴァ・アカイア》】は現れる」

あえてだろうけど、堂に入った彼女の語調に、唾を呑んだ。

闇地図だの犯罪だの、どうしたって俺には遠い話に思えてしまう。

けど、先日ギルドマスターが俺に会いに来たことといい、もうとっくに俺の周りではいろんな思惑が絡み始めている。

すでに利権の絡む世界に足を踏み入れてしまった。その自覚はした方がいい。

カミラさんは鋭い目で前方を見た。

俺もつられて前を向く。

丘陵に筋が入ったような細い道がなだらかに続いているだけだ。誰もいない。

「……もしかすると、退院の帰り際を狙って【黄昏の梟《ミナーヴァ・アカイア》】の手の者が来るかもしれないと思ったのだがな。杞憂《きゆう》だったようだ」

それを聞いてまた、唾を呑んだ。

つまり、今日カミラさんが俺を送ってくれているのは、俺を【黄昏の梟《ミナーヴァ・アカイア》】から守るためでもあったということになる。

あのカミラさんがそこまでしなければならない相手と知って、今更薄ら寒くなる。

【黄昏の梟《ミナーヴァ・アカイア》】。どれほど恐ろしい組織なのか。

確と覚えておこう。

翼破③

【竜の翼《ドラハンフルーグ》】の拡大は順調に進んでいた。

まだ承認が下りていないとはいえ、もはやAランクパーティーであるということに文句をつけるやつはいなかったし、人を募ればいくらでも集まってきた。

「どうだった、ニクラ。あの十五番の子とか」

「えっと、あの赤毛の戦士の子？」

「そうそう」

「うーん、わからない。可愛い子だよね」

「そうだよな。戦力としては微妙だけど、明るくて――」

そんなときだ、【夜蜻蛉《ナキリベラ》】が第九十八階層を突破したという話を聞いたのは。

「おい、今の話、本当か？」

酒場で食事をしながら、さっきの面接の振り返りをしていたところだった。

ランクの低そうなパーティーの冒険者が二人、俺たちの後ろで話をしていたのだ。

「……あ、クロノスさん、ども」

「どういうことだ、詳しく話してくれないか」

俺がそう聞くと、二人は気まずそうな顔をする。

何かあるのか？

「俺らもよくは知らないんですけど、この前【夜蜻蛉《ナキリベラ》】が大規模調査に行ったじゃないですか。その途中に階層主《ボス》と遭遇したらしくて、撃破されたって」

……え？

馬鹿な、早すぎる。

第九十七階層を突破するのに三年かかってるんだ。

それよりも難易度が上がってなおかつ巨大化した第九十八階層の突破がたった数か月で行われるなんて、あるわけがない。

「確かなのか？」

「【夜蜻蛉《ナキリベラ》】名物の帰還の雄叫びがあるじゃないですか。それを聞いてた人がいっぱいいて、その中で階層主《ボス》が倒されたー、とかなんとか言ってたらしいです。報告書ももう出されてるみたいで」

言葉が出なかった。

俺たちが散々苦労して成し遂げた階層の突破を、大きなパーティーはこんな簡単にやってしまうものなのか。

そして【夜蜻蛉《ナキリベラ》】と聞けば、忌々しいことが頭に過《よぎ》らざるを得なかった。

あそこには今、あいつがいる。

まだ仮団員とはいえ、大規模調査ならもう駆り出されていると見て間違いない。きっと多少なりとも名誉に預かっているはずだ。

くそ、ヴィムの癖に。うまくやりやがって。

こんなはずじゃなかった。

あんな役立たずは俺がいなきゃ路頭に迷うはずだった。

それがなんだ、幹部候補——それも七十四代目賢者ハイデマリーが知り合いだったとか、卑怯にもほどがある。

あいつ、あんな顔して余裕綽々で出ていきやがったんだ。

なんて不公平なんだこの世界は。

「さすが〝銀髪〟のカミラということか。俺たちも——」

「あ、いや、どうも違うらしいんですよ。噂なんですけど、変な話があるらしくて」

「変な話？」

「どうも、階層主《ボス》を倒したのは〝銀髪〟のカミラでも【夜蜻蛉《ナキリベラ》】の誰でもなくて、同行していた冒険者らしいんです」

「は？　どういうことだ。他のパーティーでもいたのか？」

「いえ、そうではなくて」

歯切れが悪い。

「はっきり言ってくれないか」

「その、仮団員の人が一人で倒したそうです。階層主《ボス》を」

「一人で……？　それは、どういうことなんだ？」

「その、そのまんま、です……」

仮団員？

【夜蜻蛉《ナキリベラ》】に？

一人で階層主《ボス》を撃破？

荒唐無稽《こうとうむけい》だ。まったく意味がわからない。そんなことが可能な人間が――

「違う」

頭に浮かんだあいつを、振り払った。

「そんなわけないだろう、ふざけるな」

「あの……クロノスさん？」

「一人で階層主《ボス》を討伐とか、ありえるわけがないだろ！　ふざけるな！　そんなことを抜かしてるのは誰だ！」

「ひぃ！　すいません！」

「訂正しろ！　そんなことあるわけがない！」

ありえない。そんなのありえない。

俺たち【竜の翼《ドラハンフルーグ》】が階層主《ボス》を倒したときですら、普通じゃ考えられないくらいの少人数だったんだ。

それを一人でなんて、おかしい。成り立たない。

「その、やめようよ、クロノス」

気付けばメーリスが俺を諫めていた。

「みんな見てるよ……？」

いつの間にか大声を出していたことに気付いた。

「すんませんクロノスさん、あくまで噂なんで、その、失礼します！」

二人組はそそくさと酒場をあとにしてしまった。

熱くなってしまったことを自覚した。

そうだ、あくまで噂だ。

事実じゃない。

落ち着こう。

「ごめんみんな。熱くなった。参ったな、最近どうも気が短くなってるらしい。はは」

テーブルに座り直して食事を再開するけど、雰囲気は戻らない。

忌々しい空気が立ち込めていた。

心配はないはずなのだ。なんの問題も起きていない。

俺たちはじきにAランクに昇格し、栄誉と報奨金を得る。もともと貯金は自然にできていたし、
パーティーの立て直しの猶予はいくらでもある。

「ゆっくりやろうよ。これだけ突破が早いなら、未開拓領域もまだ残ってるはずだし」

ニクラが落ち着いた声で言う。

「そうですよクロノスさん。人数を増やすんですから、パーティーを軌道に乗せるのが第一です」

ソフィーアも言う。

「ああ、そう、だな……」

そうだ。それが正論だ。

でも【夜蜻蛉《ナキリベラ》】が第九十八階層を突破したことが事実なら、俺たちが第九十七階層を突破したことの意味が薄れる。

俺たちは「最前線で成果を挙げたパーティー」ではなくなってしまう。

それじゃまるで、俺があいつに——

「いや、行こう、第九十九階層に。戦力と金はいくらでもある」

そんなの、許されない。

第二話　追跡者たち

第九十八階層が突破されたらしいという噂はすぐに広まり、フィールブロンはかつてない活気に包まれていた。

最前線の迷宮潜《ラビリンス・ダイブ》において最も恐れるべきは階層主《ボス》の存在だ。

その階層主《ボス》が早期に撃破されたということはかなりの未開拓領域を安全な状態で攻略できるということになり、多くのパーティーに好機が訪れる。

ギルドが階層主《ボス》撃破を確認したという正式な声明を出せば、この活気は一気に最高潮へと駆け上がるだろう。

その渦中にいるのが、何を隠そう私のヴィムである。

現段階では噂とはいえ、階層主《ボス》を倒した彼に大きな注目が行くのは当然のこと。

迷宮潜《ラビリンス・ダイブ》の途中ならいざ知らず、今は【夜蜻蛉《ナキリベラ》】全体として戦いの傷を癒す療養期間になっている。街中に留まっているということはヴィムに唾をつけようとする人間には好都合だ。

そしてここ最近、発信紋に不審な動きがある。

あのヴィムがときおり街に出かけ、あまつさえ喫茶店や居酒屋に長居しているのである。

ヴィムが【夜蜻蛉《ナキリベラ》】に来てからも一度だけそういうことがあった。そのときは聞いてみても言葉を濁されただけで、私も大して詮索はしなかった。

しかし今になって同じことが複数回起こると、さすがに疑わざるを得ない。

心配なのは盗聴石《アブホレン》を仕込んであるいつもの上着を着ていないことだ。それも毎度。

ここまでくればいよいよ。私も動かずにはいられない。

――尾けるか。


昼過ぎに発信紋に動きがあった。

一応盗聴石《アブホレン》の方も確認するが、一切の衣擦れの音が聞こえないのでいつもの上着じゃないことは確定。

反応がゲストハウスをそそくさと出て、私もそれに合わせて紺色の上着を着て部屋を出る。

裏庭が見える窓から様子を窺う。

ヴィムはキョロキョロしながら【夜蜻蛉《ナキリベラ》】の裏門に向かっていた。

そして門を出ても辺りを見回して、多分なんでもないふうに歩きたい感じでカチコチ歩き出す。

私も裏門から外に出る。

やはりいつもと服装が違う。

目立たないようにする意図であろう黒い外套。もともと地味なヴィムの風体も相まって街中に出ればすぐ人ごみに紛れてしまいそうだ。

華美な服装でなかっただけ少しだけ安心する。これで女である確率は減った。

可能性は三つだ。
一、やはり女。
ヴィムの貞操意識と女性への興味のなさは私も信用しているが、それでも年頃の男の子であることには変わりはない。直接関係を匂わせるほどではない要求、たとえば「食事でも」くらいは受けてもおかしくない。
二、他パーティーからの勧誘。
これが一番可能性が高い。【夜蜻蛉《ナキリベラ》】の団員の目を気にするのも道理だ。
三、友人。
この可能性はほぼない。ヴィムの友人は私しかいないし、それなら誘われているはず。そして私は誘われていないのでこの可能性は排除していい。

……いや、このセンなら最近はアーベルの方に怪しい動きがあったな。

やけにヴィムに話しかけようとしているふうだった。ヴィムさぁん！　とか言って尊敬していますと強調しているのも気にくわない。

まったく、同い年の同性というくらいで調子に乗らないでほしい。

ヴィムに友人ができることはもちろん喜ばしいことだが、あんまりにも早く仲良くなったり距離が近かったりするのは良くない。非常に良くない。

まあ、盗聴できた限りではアーベルとヴィムが約束した形跡はない。大丈夫か。

よく考えたら、華美な服装じゃないからといって女の可能性を排除するのも違うんじゃないかという気がしてきた。

ヴィムのことだ、照れてあえて地味な方向に走るかもしれないし、いやいや、あの地味な外套の下には奇想天外な服でも着ているかもしれない。

うーむ、現時点では可能性が絞りきれない。

ヴィムの場合はなまじ人間関係が希薄だから容疑者がそもそもいない。突然降って湧いた人間関係はさすがの私も守備範囲外だ。

ヴィムが歩くのに合わせて私もゆっくりと歩く。

人を尾けるときに注意しなければならないのは、尾ける対象以上に周りの視線だ。

人は死角の情報を死角以外の人から受け取る。変に止まったり隠れたりすると当然浮いてしまうので、一番は尾ける対象とたまたま向かう方向が一緒、というように偽装することになる。

そういう意味では小柄な私に向いていることではある。変に大きいとそもそも目立ってしまうから。

「……む」

と思っていた矢先、変に大きいのが目に入った。

明らかに不審な男だった。新聞を読むふうを装って路地に半身を隠し、ヴィムの様子をチラチラと窺っている。

周りの反応は……いや、半々か。気付いていない者もいる。

大柄な男ではあるが、身のこなしはある程度自覚的らしい。

冒険者かな。少なくとも雇われた浮浪者ではなさそうだ。

うん、やるか。最悪間違っても謝ってしまえ。

「『凍り付け《アインフレン》』」

「うおっ！」

まず固めるのは足元。

こうしてしまえば逃げることは難しいし、凍らせる箇所も最低限で済む。

男がバランスを崩したのを支える格好で背後に回り込む。

すかさず両手を後ろに捻り上げ、力が入らない形にまとめた。

「おい、ストーカー」

「うがっ！　いてて、痛い痛い！」

念のため足で背中を押さえ、力を込めた。

「どこのパーティーの者だこの犯罪者め。人の私事《プライバシー》を侵害しちゃいけないって習わなかったのかい？　どんな教育を受けてきたんだか。出すもん出したっていいんだぜ、ほら、吐け」

「……ハイデマリーさん？　いや、違います！　俺です！　俺！　アーベルです！」

うん？

聞き覚えのある声だ。

顔を見てみれば確かに。目の前で情けなく押さえ込まれている青年は、紛れもなく私が所属する【夜蜻蛉《ナキリベラ》】の若手、アーベルだった。


「で、なぜヴィムを追い回していたか教えてもらおうか、アーベル」

「それは、その……」

ストーカー行為なんぞ働いていた不届き者の正体がこいつだったことには甚だ驚いた。

「ほれ、言え。さもなくばフィールブロン中に【夜蜻蛉《ナキリベラ》】のアーベルはご執心の男を追いかけ回す変態だと広めるぞ」

アーベルはがっくりうな垂れて、降参とばかりに両手を挙げて膝をついた。

ちょっと気分がいいな。

いっつも見下ろされてたから、そこそこ腹立たしかったんだ。

「真似をしようと」

真似？

「どういうことだい」

「その、へへ、階層主《ボス》と戦ってたときのヴィムさんの背中がですね」

「うん」

「頭に焼き付いて離れなくて。あんなふうになりたいと」

ふむ。

「格好よかったといいますか」

「まあ、そうだね。ああなると格好いいよね、ヴィムは」

よく見れば俯きながらも赤面している。本心なんだろう。

「で、それがなぜ追いかけ回すことに繋がるんだい」

「いえ、所作を学ぼうとした次第で。ヴィムさんにだけ見えている景色があるというのがなんとなくわかりまして、職業は違えどそれを見ないことには俺もあの段階に行けないのではないかと……ははは」

「なるほど」

つまりヴィムに憧れて真似をしようとして、そのために観察をしていたと。

「ご執心の男を追いかけ回す変態じゃあないか。ただの事実だったか。よし、憲兵に突き出そう」

「待ってください待ってください！　自分でも暴走気味な自覚はありました！　街中まで来たのは今回が初めてなんです！　どうかご容赦を！」

焦ったらなかなかうるさいなこいつ。

「いいかいアーベル、誰かに執着するのは構わない。それが目標や活力になることもあるだろう。だが度を越えちゃあいけない、私事《プライバシー》まで侵害し始めたら終わりだよ」

「おっしゃる通りです……へへへ」

というかさっきから気になるな。

アーベルは普段からもっとハキハキ話していたと思うが。

「そしてなんだいその気持ちの悪い吐き気のするヘラヘラした笑い方は。対人能力に問題を抱えている根暗ぼっちのそれだぜ」

「あの、これはその、意識的にというか」

「……は？」

「いえ、その、ヴィムさんの」

「やめろ」

「え？」

「やめろ」

「ちょっと顔怖……」

「やめろ」

「わかりました」

よしよし。

腕を組んでしばらく考える。

アーベルは判決が下るのを大人しく待つ気のようだ。

どうしたもんかな。

本人の話を信じるならここまでやるのは初犯らしいし、自覚があるならそこまで悪質でもないか。

「よし、今回だけは見逃そう。しかしこの次はただじゃあ置かないよ」

「はい。寛大な処置に感謝します」

「じゃあね。ほら、帰った帰った」

「はい。それではまた。失礼します」

アーベルは素直に帰路に足を向けた。

よし、これで安心だ。

さあさあこんなやつに構っている暇はないんだ。

問題はヴィムがこれから会う相手。

女か？　やはり女なのか？　事と次第によっては賢者権限で――

とか考えていたら、アーベルは突然止まって、こちらを振り返った。

「ちょっと待ってください。ハイデマリーさんはなぜこんなところにいるんですか」

「そ、それは、カミラさんにヴィムが他パーティーに引き抜かれないか見張ってろと」

「ハイデマリーさん？」

「ええい黙れアーベル！　君に構っていたせいでヴィムを見失ったじゃないか……あ、いた」


ヴィムが入っていったのは喫茶店だった。

しかも朝に事務員が朝食に立ち寄る感じの喫茶店ではなく、二人でじっくり話せるテーブルがある類のやつだ。店内には柱や観葉植物がやたらめったら配置されている。

「一人、ですね。読書でもしに来たんでしょうか」

「そんなわけないだろう。ヴィムは基本的にベッドの上でしか本を読まないんだよ」

「えぇ……」

「というかなぜ君までついてくるんだ」

「ここまで来たら好奇心に従ってやりますよ。あと先ほどの説教への抗議も込めてます」

「チッ」

私たちも喫茶店に入り、ヴィムの様子が観葉植物越しに見える席に位置取る。

ヴィムは落ち着かない様子で座っていた。

コーヒーなんぞを先に注文して、やはり誰かを待っているように見える。

それからしばらくして、人影が見えた。

「来ましたね」

「静かに。……お、座った。そうみたいだね」

その人はやや細身だった。フードを被っていて顔はチラリとしか見えない。

「女だ」

しかし、性別だけは確かだった。

「どうしようアーベル。女だった」

「女性、ですね。しかもかなり美人……」

「どうしよう、どうしようどうしよう」

ああ、しかもヴィムのやつ、注文したコーヒーをそのまま飲んでいる。いつもなら飲むときは砂糖とミルクをふんだんに入れるのに。

　これはアレか、若い男がやりがちな格好つけか？

　大人なんだぜって異性にアピールするらしいアレか？

「ああ、そんなに水みたいに。大人ぶらないでくれ」

「誰に言ってるんですか」

「アーベルぅ、ヴィムに、ヴィムに女がぁ」

「そりゃ時の人ですからそういうこともありますって。奥手そうなので意外ですけど」

「否定しろよぅ」

　二人は何やらそつなくやり取りをしている。少し慣れたふうでもある。

　やはり逢引きなのか。もう何回目かなのか。

「あ、いや、でも違いそうですよ。女性の方がヴィムさんに紙束を見せてます」

　本当だ。

「でも、それがなぜ違うということになるんだい？」

「逆に恋人に紙束見せつけて何するんですか」

「何かの分析だの書評だのじゃないのかい。あ、論文とか？」

「……多分そういう恋人関係は少ないですね。となるとパーティーの勧誘でしょうか？　契約書の類ですかね」

　どうやら決めつけるのは早計らしい。

なるほど、具体的な男女の機微等についてはアーベルみたいなのがいた方がわかりやすいか。

しばし二人を注視する。

すると、女が被っているフードの隙間から、チラリと見えるものがあった。

「ハイデマリーさん」

「ああ。あの女……長耳族《エルフ》だ」

*

俺がソフィーアさんとやり取りするようになった経緯については、俺が【竜の翼《ドラハンフルーグ》】を追放された直後まで話が遡《さかのぼ》る。

パーティーの経理全体を担当していた俺の引き継ぎを、ある日突然手引書もなしに完全に終えるのは無理があった。

なので追放されたあとに一回だけ、ソフィーアさんと引き継ぎのために会うことになったのだ。

俺としてもあまりやりたいことではなかったが、いざ会って話してみればそういえばやっていた複雑な処理がたくさん出てきた。

そのときは諸々を書き殴ってあとはお任せという形を取った。

しかし【竜の翼《ドラハンフルーグ》】の財政状況が悪化するにつれて、どうもクロノスはよくわかっていなかったらしい権利関係を確認しなければならないことも増え、あるいは俺のサインがあった方が簡単な話すら出てきてしまった。

　具体的に言えば財産の売却等の話になる。

　というわけで、療養期間によって落ち着いている今、完全に引き継ぎを終わらせてしまおうという算段なのだ。

　話してみてわかったが、このソフィーアさんという人は相当理知的な人のようで、抜け目なく賢く、物事をよく弁えている。

　てっきりクロノスに惚れて【竜の翼】《ドラハンフルーグ》に来たものだと思っていたけど、もうちょっと事務的《ビジネス・ライク》な動機でパーティーへの参加を決めたようだ。

「――というわけで、そこの金鉱脈については他パーティーより損な分配になってるんですけど、代わりに回復薬を来年まで融通してもらえる話になってまして」

「なるほど。そっか、回復薬は制度では財産の計上外ですものね」

「はい。思い付きでやっただけなので、もう換えていただいて大丈夫かと」

　いろいろと俺が手探りでやっていて複雑になってしまっていたことも、説明するだけですぐに理解してくれる。

　そもそも論点と疑問も整理してから来てくれるのでこちらもやりやすい。

　気遣いもできる人だ。

　本来俺には【竜の翼】《ドラハンフルーグ》に義理立てする理由はないが、そのあたりを弁えて最低限の時間とやり取りで済ませてくれようとしている。

そういう誠意を見せられたら、俺としてもそこまで邪険に扱えない。

「じゃあ、あと一回顔合わせるくらいの感じで、全部ですかね……？」

「はい。ありがとうございました。毎度一方的にお手数おかけしてすみません。次で全部済ませますので」

「いえいえ」

ちょっと気になることもあるけど、勘違いだろう。

この人なら任せて大丈夫、と思った。

ごくごく自然に思ったことだった。でも、そんな自分に気付いて、驚く。

俺は純粋に【竜の翼《ドラハンフルーグ》】を心配していたのだ。

「あの、ソフィーアさん」

去ろうとするソフィーアさんを、呼び止めていた。

「第九十七階層の階層主《ボス》についてなんですけど」

俺が階層主《ボス》、と口にした瞬間、彼女の目に違う色が入ったのがわかった。

……やはり、問題が起きているか。

「その、いろいろ言われてるかもしれないんですけど、ちゃんと認定はされると思います。だからその、そんなに焦らないでというか、それだけであと数年はやっていけるので、あまり余計なことをしないでも大丈夫といいますか」

追放されたときはそりゃあ悲しかったけど、過ごした日々には一筋縄ではいかない思いがあった。

曲がりなりにも同じ時を過ごした仲間だと、俺くらいは思ってもいいんじゃないかと。

そういうことを、不意に考えた。

「ごめんなさい、ソフィーアさんに言うことではないですよね」

思いが先走ってしまった。

すぐ頭を下げた。

「いえ、大丈夫です。伝えておき……伝えた方がいいですか？」

「それはその、やめておいていただけると」

「ふふ。わかりました」

初めて笑ったソフィーアさんを見て、これはクロノスが放っておかないんじゃないかと思った。


「あーなるほどね。クロノスの女か。なら問題ない。はっはっは」

話がわかっていくにつれてハイデマリーさんはどんどん元気になっていった。

あの長耳族《エルフ》の女性はソフィーアさんというらしく、ヴィムさんが前にいた【竜の翼《ドラハンフルーグ》】の後任の人らしい。

「あーよかったよかった。よし帰ろう」

「あれ、帰るんですか？　まだ話の途中っぽいですけど」

「物理的なのは一日三時間までって決めてるからね」

なんだその時間は。聞いた方がいいのかこれは。

同じパーティーにそこそこの期間一緒にいるが、ハイデマリーさんという人はよくわからない。

希少職「賢者」の適性者であり、あらゆる職業魔術を使いこなす天才。

その戦闘力と胆力、明晰《めいせき》な頭脳によって瞬く間に実績を挙げて【夜蜻蛉《ナキリベラ》】の次期幹部候補に駆けあがった。現在は後衛部隊の統括を担っている。

まだ若いとはいえ、人としての器は間違いなく大物の類だろう。

そしてこの人が、現在ヴィムさんの友人と言える唯一の人。

「あの、ハイデマリーさん」

「なんだい？」

「ハイデマリーさんとヴィムさんは親友だとお見受けするんですけども」

「そうだね。同郷の盟友さ。君の目も節穴じゃないみたいだ」

えへん、と聞こえた。

「ならなぜこんなストーキ……紛いのことを？　直接話せばいいのでは」

一瞬怖い目になったが、あえて引かずに耐えた。

この人相手に引いたらあっという間にペースを呑まれてしまう。

……というかなんでこの人はストーキングの最中にこんなに偉そうなんだ？

「まあ、いろいろあるんだよ」

どうやら答えてくれる気はないらしい。

そのまますっくと立って膝を二回、パン、パンと払う。

「さてアーベル。今日のことはお互い黙っているということで」

「うっ、それは」

「さもなくば、だぜ。じゃあね」

「……はい」

「あ！　あの女微笑みやがった！　アーベル、あれは違うのかい⁉」

「知りませんよ……」

本当に、よくわからない人だ。

＊

まだコーヒーが残っていたので、ソフィーアさんが座っていたところをぼーっと眺めて座っていた。

最近苦いものが割と平気になってきて、そんなに美味しいわけではないけれど雰囲気は味わえるようになってきた。

なるほど、考え事をする人はみんなコーヒーを飲むわけだ。

【竜の翼】のことについては蓋をして考えることをやめていた。でも、事務的な形で考え続けてみるとどうにか向き合える部分があった。

こうして【夜蜻蛉《ナキリベラ》】にお世話になっているおかげで、【竜の翼《ドラハンフルーグ》】でのことについてある程度客観視ができるようになっている、はず。

俺の性格とか能力的な不足が大きく関係していることは忘れちゃいけないと思うけど、それでもあの扱いは世間一般で言うあんまりなものだったんだろう。

俺はもっと堂々としているべきだったし、訴えるべきものがあった。

クロノスたちは俺にかけるべき言葉があって、俺にはそれを受け取る権利……までは言いすぎだけど、近いものがあったんだと思う。

それをちゃんと、強かに要求できなかったのもまた、俺の不手際なのだ。

もう終わってしまったことだから掘り返すつもりは毛頭ない。むしろ覚えておくべき過去として糧にしつつ、みんなの今後の成功を願うくらいがちょうどいいと思う。

それで全部だ。

あとは自分のことに集中すればいい。

これから俺はどうすべきか。何がしたいか。

冒険者の本分としては、できるだけいいパーティーに所属して迷宮《ラビリンス》の深奥を目指せばいい。その先に地位と名誉がある。

なら取るべき選択は一つだろう。

このまま【夜蜻蛉《ナキリベラ》】に入ればいい。
選択の余地はほぼない。ないはずなのだ。

第三話　正式入団

「ふむ……まあ、いいだろう。ようやくマシになったな」

よし、と心の中で腕を掲げた。

今、カミラさんが机の上でめくっているのは、前回の大規模調査の報告書だ。

俺はまだ正式な【夜蜻蛉《ナキリベラ》】の人間ではないので、ギルドの規則上、俺の視点で書かれた別個の報告書を提出しなければならなかった。

最初に提出したのは三日前。

しかしカミラさんに書き直せと突き返された。

曰く、遠慮はするな、君の手柄だ、と。

何を指しているかはわかった。

俺としては客観的事実のみを記したつもりだったが、こういうときはもっと自分を中心に脚色するものらしい。

そのあとも何回か手直しの指導を受けて、それでようやく合格まで漕ぎつけた。

「遠慮すればいいというものではないぞヴィム少年。客観的事実というのは過不足ないものだ。

不足しているのは甚だ大きな問題だよ」

「……はい」

さて、これにて用事は完了、とはいかない。

明日、俺の所属禁止期間が解ける。

即ちこれは、今日が実質的な【夜蜻蛉《ナキリベラ》】勧誘への回答期限ということだ。

この期間を過ぎてもパーティーに加入することはできるが、保留することは提示された待遇への不満、もしくは他パーティーへの心残りを示すことを意味する。

言うなら今しかない。

カミラさんの口ぶりもそうだった。この報告書提出はあくまで本題前の振りくらいの感じだった。

唾を呑む。

沈黙が執務室を包み込み、俺もカミラさんも同じ前提を共有していることがはっきりする。

このまま後ろに足を向けることはできない。

だが、この期に及んで俺はまだ決めかねていた。

いい選択を、ということならもはや余地はない。

なのに迷っている。

自分でも何がなんだかわからない。

何をしたいのかがわからない。

何もしたいことがないならすぐに応じればいい。

でも、俺の中の何かが邪魔をしている。

カミラさんの視線が痛い。

言うべきことは決まっているのに、優柔不断で無能な俺の口は動かなかった。

◇

目の前にいる強大な力を持つ少年は、不安そうに目を泳がせていた。

こちらが最上の条件を提示しているのに彼が迷っているのは、彼自身何か思うところがあるからなのだろう。

本人がそれを言語化できているか、そもそも自覚しているかは定かではない。

もはや私など比較にならない力を持っているはずなのに、ヴィム少年は私を上の人間として扱っている。

この若さならもっと傲慢《ごうまん》になるのが健全とすら思うが、そうではないのは性根ゆえか。

いや、この卑屈さも若さゆえというべきか。

いかん、偉そうに導く者の視点になってしまっている。

老いとは恐ろしいものだな。無条件に偉くなった気分になる。

ヴィム少年に入れ込みすぎている自覚はあった。もはや戦力の一つではなく、彼の良い人生のために何を言うべきかという前提すら持ち合わせてしまっている。

目的の取り違えも甚だしい。

長として最も優先すべきはその集団の行く末だ。個人の自己実現などというものは二の次で、集団を正しく運営していくための一要素でしかない。

ここ最近の私は少々異常の域にまで足を踏み込んでいた。

彼個人の問題にまで首を突っ込むとしても、それは何かのついで程度がせいぜいだろう。

ヴィム少年も若いとはいえ立派な一人の冒険者。客観的な正当性がある程度確保されているのなら、打算をそのままぶつけるのも礼儀の一つだ。

「ヴィム少年」

ならば多少の卑怯さも必要だと、割り切らねばならないだろう。

「【夜蜻蛉《ナキリベラ》】に入ってはくれないか。これは提示ではない、お願いだ」

私は頭を下げた。

「正式に籍を移してもらうことにはなるが、待遇に不満があればいつでも辞めてもらって構わない。諸々の覚悟はあとでいい。まずは軽い気持ちで、どうだ」

＊

カミラさんにそう言われて、俺はどう思ったのか。

今までカミラさんは俺自身に選ばせようとしてくれていた。金と力がものを言う世界で、それでも俺自身のことを慮《おもんぱか》ってくれていたんだろう。

でも俺はこの期に及んで選んでいなかった。

カミラさんにあそこまでさせておいて、ついには半ば恥をかかせるような真似をさせてしまった。

己の優柔不断が嫌になる。

目の前に手が差し出されている。

これを取れば、どうなる？

わかってはいた。

これは逃げだとわかっていても、安心する自分を抑えられない。

変わりたい、と思った。

変わるべきだと強く思った。

変われるはずだ。

この捻じ曲がった性根を矯正《きようせい》して、あんな引き笑いじゃなくて、みんなと心の底から笑いあえるようになりたかった。

俺はきっと、そうしたいんだ。

そうだ、これは好機だ。

「その、あの」

違う、こうじゃない。

みんなはいつもどうしてる？

こんなにあの、とかその、とか言わないだろう。

文頭の一文字を繰り返したりしないし、喋ってるときに急に黙ったりもしない。小声にもならない。

言うなら一気に、だ。

息を吸う。

考えると詰まってしまう。

だからそう、言うなら一気に。一気にだ。

「これからも、よろしくお願いします！」

思ったより大きい声が出た。

同時に頭を下げた。

カミラさんに下げさせた分よりも深く、勢いよく。

「顔を上げてくれ」

そう言われて、恐る恐る前を見る。

「よく決断してくれた、ありがとう」

カミラさんの顔は、嬉しそうに見えた。

「というわけで、新団員の紹介だ。ヴィム少年、入ってきてくれ」

カミラさんの声が響いて、俺は大広間の扉をくぐった。

みんなの顔が見えた。

拍手をしてくれている。

カミラさんが指した壇上に立って、みんなの方に向き直った。

「……っ」

踏みとどまった。

危うくあの、とか、その、とかから始めてしまいそうになった。

へへへ、から始めそうだった気もする。

「改めまして、ヴィム＝シュトラウスです！　精一杯やらせていただきます！」

一気に言った。

声が途中で上ずったか不安になる。

でも、できた。

噛まなかった。

止まらなかった。

小声にならなかった。

顔を上げると、みんながさっきより強い拍手で迎えてくれていた。

「ほれ、行ってこい、ヴィム少年」

達成感に打ち震えていると、体がひょいと浮いた。カミラさんに抱えられたのだ。

そしてそのまま、みんなに向かって投げられた。

「そーれ！」

何ごとかと思った。

けど音頭がとられて、下で俺を待ち構えるたくさんの腕が見えて、何をされるのかがわかった。

「「「わっしょい！　わっしょい！」」」

胴上げだ。

初めてだけど意外と怖くない。むしろ強く歓迎されている気がして素直に嬉しい。

上下がわからない中でもみくちゃにされて、これが本来の【夜蜻蛉《ナキリベラ》】の距離感なのだと知った。

今まであくまで仮とついた団員だったことがよくわかった。

こうして俺は、晴れて【夜蜻蛉《ナキリベラ》】の正式な団員になったのだった。


療養期間は戦力になる団員がある程度回復した時点で切り上げられた。階層主《ボス》が倒され、安全が確保された第九十八階層の開拓合戦にできるだけ早く参戦するためだ。

ギルドはすでに正式な撃破の声明を出したので、ここから先は一刻が惜しい。その階層主《ボス》を倒したパーティーが早期撃破の恩恵に与れないのは本末転倒というもの。

俺が正式に加入した翌日に早速迷宮潜《ラビリンス・ダイブ》が再開された。

相も変わらず、見上げれば暗い〝空〟がある。

階層主《ボス》が倒されたあとにはもう雨は降っていないらしいが、それでもあんなことがあったのだから、もう気持ちのいいものには見えなかった。

今回はある程度安全であることを見込み、本隊と複数の小部隊で効率良く地図《マップ》を開拓していく方式を取ることになっていた。

俺がいる小部隊は三人一組《スリーマンセル》。アーベル君と、ベティーナさんという索敵担当の女性が一緒だ。

ベティーナさんは、見かけたことはあるけど話したことはないはず。

こういうときはちゃんと挨拶を交わしておくのが礼儀だろう。

「ヴィム＝シュトラウスです。よろしくお願いします。足を引っ張らないよう頑張りますので」

頭を下げる。

よし、今回も噛んでない。

「あの、ヴィムさん」

「はい」

「そんな初対面みたいに……」

あれ？

「ヴィムさん、ベティーナさんとは前回の大規模調査で一緒の班でしたよ」

アーベル君が小声で教えてくれる。

やってしまった。

喋り方ばかりに気を取られ、人としてそもそも弁えるべきことができていなかった。

「すみませんすみません、人の顔を覚えるのが苦手なもので！　いえ、決してベティーナさんの印象が薄かったというわけではなく！」

「大丈夫です。私、地味ですから……」

正式に入団して最初の迷宮潜《ラビリンス・ダイブ》なのに、早速自業自得の危機に陥ることになった。


「『廻る《ダリーデイオン》』・『無欠《ウイダーシューン》』――」

アーベル君とベティーナさんに走力付与をかける。

「付与済み《エンチャンテッド》です」

今回の迷宮潜《ラビリンス・ダイブ》は俺たち三人が要らしい。

俺が走力を底上げできてなおかつ戦えるので、多少の危険《リスク》を負ってでも効率を追い求めることができるという計算だ。

アーベル君はもちろん、ベティーナさんもとても優秀な人だった。

俺のペースを完全にわかってくれているみたいで、俺の方から合わせる必要がほとんどない。

三人で通路を駆け、次々とモンスターを抜き去っていく。

躱《かわ》せない分はアーベル君が弾いてくれるし、俺がモンスターの種類を調べている傍ら、ベティーナさんは着々と地図《マップ》を作製し、新たな通路が見つかったらすぐに報告してくれる。

いよいよ、人としてダメな感じで俺が彼女を忘れていたみたいだ。

この様子だと前回も相当お世話になっているはず。

「すみません、ヴィムさん！」

走りながら、ベティーナさんは俺を呼んだ。

「はい、なんでしょうか」

「分かれ道に大型が隠れているみたいです」

「距離と種類は？」

「前方距離二十五、ワイバーンだと思われます」

「了解です。特徴は？」

「左右非対称の翼をしています。それと……角が二対かな。後ろの一対が長くて、前の一対は短いですが武器のように前を向いています」

となると、おそらくあまり飛ぶことは得意ではない丁種のワイバーンだろう。

どうだ、いけるか？

走る速度がある分、接敵も早い。

瞬く間にワイバーンは視界に入ってきた。

やはり丁種。

色は黒を基調として淡い青色がかかっている。脚が大きく発達していて、全体としては大型化した鶏のような印象を受ける。

アーベル君が率先して割って入ってくれる。

これで初撃でやられる心配はなくなった。

愛用の山刀《マチエット》を握る。

よくよく観察して、なんとか倒しきる算段を立てる。

蹴れそうな岩を見繕って、うん、三回蹴れば急所の首まで到達するか。

これなら傀儡師《ペプンシュピーラー》まで使わなくていい。

そこまで考えると、手がピクッと震えた。いつの間にかその震えは脚にも伝播している。

――これはいける、みたいだな。

久しぶりの戦闘の予感に、心が躍っている自覚があった。

どうやら俺は思ったよりも体を動かすのが好きみたいで、正直迷宮《ラビリンス》に来てからこの瞬間を心待ちにしていた節すらある。

『カミラさん、ワイバーンに遭遇しました。戦闘許可を』

伝達でカミラさんに指示を仰ぐ。

返答が返ってくる前に山刀《マチエット》を抜く。

よし、許可が出たらすぐに。

『了解した。しかし戦闘は避けてほしい。抜き去ることはできるか?』

あら?

『はい。おそらく』

『なら避けてくれ。本隊が到着し次第、あとから囲い込んで倒す』

そうか。それが効率的だな。

俺たちは高機動の地図作製班《マップ》なんだし。

二人に目配せして、少し囮動作《フェイント》になる攻撃をしてからワイバーンを抜いた。

やってみると案外あっけなかった。

結果、ワイバーンは本隊に倒され、地図《マップ》はまた大きく更新されることになった。

◇

『カミラさん、行き止まりです』

『よし、引き返して先の分かれ道を左へ行ってくれ。我々もそちらの方に舵を切る』

『了解です』

相変わらずやりやすい。

ヴィム少年は少数で独立して動くときも隊全体の動きを推測しているらしく、こちらがいちいち意味を説明しなくていい。

彼が正式な団員となった今、作戦立案に関して遠慮する要素が消え去った。

彼の強みである付与術と状況判断能力に、単体の強力な戦力という事実が加わるとそれはもはや万能の域だ。

どのような使い方をしても【夜蜻蛉《ナキリベラ》】の迷宮潜《ラビリンス・ダイブ》は大きく効率化されるだろう。

だからこそ最適な運用が難しい、とも言える。

彼にはもう少し、彼自身の付与術について尋ねなければならなかった。

「すまないな、こんな仰々しい形になってしまって」

ヴィム少年が入団を承諾してくれた翌日、私は彼と研究班を会議室に集めた。彼に対する聞き取り調査、ということである。

「しかし我々は、階層主《ボス》を倒した君を中核に据えてこれからパーティーの編成を組んでいくことを考えているんだ。少しでも未知と、不確定要素を失くしていきたいということは理解してほしい」

「は、はい……で、でも」

君を中核に、と言ったあたりからヴィム少年は顔をひきつらせていた。

「その……申し訳ないんですけど、そこまで、その、期待に応えられるかといえば……」

「もちろん、君に何もかも背負わせるつもりは毛頭ない。そのためにもどこまで無理なく背負えるかを把握はせねばならないだろう」

彼の戦闘能力の高さに関してもはや疑問の余地はない。

しかし階層主《ボス》を倒したあと数日意識を失っていたことからするに、尽きることのない戦闘機械と捉えてひたすら大型に当てるような行為は憚られる。

そもそも彼が駆使する強化《バフ》の数々についても、我々はその原理をまったく理解していなかった。既存の付与術のどの系統であるかも計り知れていない。彼の技術に頼ろうとしているわりに、その内容についてあまりにも無知だった。

「君の付与術についてだ。あの階層主《ボス》のときといい、どこまでが再現可能になる？　問題のない範囲でできるだけ細かく聞きたい」

要は、もう少し手の内を晒してほしい、ということである。

「その、どこから話せばいいものか……」

「特に秘匿したい事項がなければ、多少専門に突っ込もうとも、最初から頼む。そのために今日は研究班も連れてきたからな」

隣に並んだ団員たちを見る。

彼らは【夜蜻蛉《ナキリベラ》】の研究班だ。その多くが座学の担当にしては珍しい職業持ち、特に研究向けの職業である魔術師であり、魔術やモンスターのことはもちろん、戦術や法律まであらゆる必要な情報を解析、整理し新たな手法へと昇華してくれる。

当然選りすぐりだ。その多くは魔術学院まで私自ら出向き、首席か次席の学生のみを選抜するようにしている。

ヴィム少年は彼らの鋭い視線にあとずさりしながら、おずおずと口を開いた。

「その、僕の付与術は、というか、そもそも付与術って、どうも魔術師や戦士、神官が使う魔術とは根本的に体系が違うみたいで……もちろん、共通点は多いんですけど」

それを言ったきり、彼はいったん俯いてしまったので、私は促すように言葉をかける。

「体系が違う？　それは君の付与術が、ということではなく、魔術の中でも、付与術と他の魔術が違う、ということか？」

「そう……なります。だからこう、僕の解釈では鋳型式《いがた》の付与術よりも僕の使っている方が基礎的になるというか……魔術はその、どれも、究極的には魔道具で再現可能なんです。基本的には魔力をそのまま熱に変えたり、力に変えたりします。人体はその変換をする媒体、と解釈できます」

「……続けてくれ」

「たとえばですが、戦士の場合はある種の念動力《サイコキネシス》で肉体を動かしていることになります。その……魔力の塊で見えない筋肉を作り出している、と言い換えてもいいかもしれません」

サイコ……なんだって？

「だけど、付与術は違って、その、根本的に物の性質を変えることしかできないんです。なのでその、戦士への付与、肉体の強化を目的とするんだったら、基本的な発想としては瞬間瞬間に筋肉の弾性を切り替えることで、高出力を実現します」

彼は右腕を横に上げた。

「前腕を持ち上げるには、三頭筋が弛緩《しかん》して、二頭筋が収縮するわけ、です」

言葉通り、筋肉を指しながら、前腕を持ち上げた。

「この際に付与術では弛緩する筋肉の弾性を極限まで下げます。対して、収縮する筋肉の弾性は極限まで上げる。弛緩に対して収縮の場合の原理は少し難しいんですけど……」

今度は両手を前に出して、鏡合わせの状態にして構える。

「緩いゴムを引っ張った状態を考えます。このとき、そのまま手を離せば、弱い弾性に対応した弱い復元力によって収縮するわけです。だけどここで引っ張った状態のまま、付与術によって弾性を変化させると、緩いゴムを引っ張った状態がそのまま強いゴムを引っ張っている状態に置き換わって、強い復元力で収縮が始まるんです」

言い終わり、彼は顔を上げて我々の方を向いた。

「あの……そんな感じです。つまり、筋肉を使うのは変わらないまま、その性質をところどころで変えるのが基本原理で……そもそも付与術が不便なところって、ここなんです。さっき言ったような戦士の念動力《サイコキネシス》とはまったく違う体系で、無理やり筋肉を動かすので、付与される側が感じ取りようがないんです。だから疑似的にその出力で得られるであろう感覚を作り出して付与しないと、不一致が起きる……わけです。僕はそこをもうちょっと分解して意識的に細かく、効率良くやっています。魔術に対する強化《バフ》も発想は似たような感じです」

わかるようにゆっくり簡単に説明してくれたおかげて、何を言っているかは、わからないでもないが。

「すまない。そんな話、聞いたことがないが」

「あっ……ですよね。その、僕が勝手に言っているだけなので」

私が知っている付与術の話――ひいては魔術全体の話とは、まるで違う。

職業ごとに多少の差はあれ、魔力を扱う術はすべて魔術と分類される。

我々戦士も独自の解釈として大雑把に〝気〟という概念で魔力を扱うが、それはせいぜい肉体派の人間が理解しやすいように感覚に訴えかける論であるというだけ。

彼の説明はおそらく個人の感覚の話はしていない。もっと魔術そのものの原理に達するような、そんな試みに見える。

「どうだ、魔術の本丸、魔術師の見解を聞きたいが」

研究員の方に話を振る。

「……もはや魔術の話ではないですね、これは。私も一応魔術教本に載っている程度の付与術は網羅していますが、最初からまるきり違う。付与術はあくまで、他の職業と同じく人体を媒介に使う魔術の一つでしかありません」

他の研究員も全員、首を横に振った。

【夜蜻蛉《ナキリベラ》】の研究員ですら、誰も心当たりがないらしい。

我々はもはや彼の目をじっと見て、さらなる説明を求めるしかなかった。

長い間があった。

彼は視線を何度も移して、顔をぺたぺたと触って、そして決意して、呟いた。

「実は、魔術公理から違います」

ガタッ、と椅子が揺れた。

「あ……やっぱりやめた方が」

「続けろ、ヴィム少年」

私は反応を示した研究班を目で諌めて、ヴィム少年に続きを言うように強く促した。

「その……よく言われる公理矛盾の一つなんですが、実は鋳型《いがた》式の付与術って『定義《デイフィニション》、我が承認せし《ディ・グニーミコン》理《アクシオン》において、双線は永久に《ディ・ドッペリーニ・イーヴィ》、相交わらない《ヴァリユーラニヒト》』の節から始まりながらも、そこにいくつか要請を加えて、公理そのものを否定してから組み上げられていたんです」

彼は勢いに任せるように続ける。

「だから、その……もちろん象徴詠唱に組み込んで省略してはいるんですが、僕の付与術の魔術公理の詠唱の終節は『何処かで交わる《ヴァリユーラ》』で終わります」

会議室がしん、となった。

参ったな、これは。

やはり、天才の類か。

「おい、ヴィム少年が何を言っているか、わかるか」

「……概略なら、なんとか」

「詳細は」

「まるでわかりません、わかりませんが……」

ただ、言葉の端を捉えるだけでも、明白に物騒な文言があった。

魔術公理の変更、というものは少々、抜本的が過ぎる。

すべての魔術は同一の定義、体系から派生するというのが賢者協会が唱えている大原則だ。それを根本的に覆すということになると、各学派、流派そのものが揺らぐことになる。

「魔術公理の変更は魔術学院の理念に反します。到底受け入れられるものではない、でしょう」

「……そういうことに、なるのだろうな」

研究班の各々が、戦慄した雰囲気を隠しきれていなかった。

「……すみません、この話をするとニクラやメーリスにも……あ、その、【竜の翼《ドラハンフルーグ》】にいたときなんですが、よく怒られまして」

我々のこの反応を予想していたのか、ヴィム少年はあたふたと落ち着きなくなって、頭を下げながら恐縮する。

「そう構えなくていい。すまなかったな……そして、よく話してくれた」

一応、確認がてら研究員たちを目で牽制する。

問題ないようだ。剣呑な空気が出たのも束の間、彼らも自分の態度を省みて落ち着き始めていた。

「安心してくれ、ヴィム少年。我々はそのような思想、偏見には関心がない。今の反応はあくまで、それぞれに背景があるがゆえの反射的なものだ。本心ではない」

しかしヴィム少年は警戒を解いていなかった。私の弁解も、便宜的なものであるか否か測っているようだった。

「そう……なん、ですか」

「ああ、問題は使えるか否か。【夜蜻蛉《ナキリベラ》】は冒険者パーティーであり、彼らも研究者である前に冒険者だ。最優先事項は迷宮《ラビリンス》の攻略という点で、なんらぶれるところはない」

これは団長として研究班を運営していくにあたって強く定めたことである。

事実から離れ、夢想に焦がれてしまった者の行く末はろくなものではない。しっかりと帰結を定めないと、探求心というものはいとも簡単に人道を外れる力になる。

特に、研究者という人種は。

「そうだな？」

研究員たちを見る。彼らは即座に首を縦に振る。

「もちろんです」

うむ、問題ない。

「こういうことだ。君が包み隠さず話してくれたおかげで我々も君の付与術の独自性について弁えることができた。この分だとやはり我々は問題にならないように教えを乞う立場だな」

研究班もペンを持ち直した。解析するというよりは純粋にメモを取るように、さっきよりもより謙虚に話を聞くべく、講義を受けるように構えた格好になる。

そこまですると、ようやくヴィム少年も強張った肩を下げてくれた。

「私にとっても専門外の話ということで雑な理解で申し訳ないのだが、それはつまり、君は広く使われる鋳型式の付与術を細部まで分解し、より適した、微細に扱う体系に再構成したという理解で合っているか？　魔術公理の変更は、その過程で起きたものだと」

「は、はい！　そういうことに、なります」

「そこまで微細で、体系も違うとなれば相当な難易度になるのではないか」

「……はい。だから、その、人に強化《バフ》をかけるときは細心の注意を払って感覚の強化《バフ》を行っています。その……みなさんにかける場合は、感覚の不一致というのは不快感が出るくらいが最大に留めないと、即座の骨折に繋がります。痛みの許容、までいくとかなり危ない」

なるほど。

やはりと言うべきか、彼の細やかな性格が直接関係する技術でもあるわけか。

「君自身への付与の場合は違うのか？」

「はい。自分にかけるときはこの感覚の強化《バフ》は切ります。もともと疑似的なものなので、かかっていることとさえ理解できていれば問題はない、ということにしています」

「それはどういう感覚なんだ？　実際に動いている間ということだが」

「言葉にしづらいんですが、もう無茶苦茶になってよくわからないので、そのわからない部分は無視する感じ……だと思います。重要なのは体がどう動くか、それに耐えられるかなので」

「その自身への付与を失敗した場合の危険《リスク》はどうなっている」

「その箇所が破損します」

……ここか、問題は。

ここまでは大規模調査のときと同じ運用方法で構わない。

運用する側として本当に聞かねばならないのはここからだ。

「では階層主《ボス》とやっていた場合はどうなんだ？　明らかに出力が数段階違ったが」

「あれは脳に強化《バフ》をかけています。今のところ髄液の伝達率を上げる方向でほんのちょっと頭が回りやすくしていて……いろいろ底上げされます」

「脳？　その脳への強化《バフ》が失敗したらどうなるんだ」

「同じです。破損します。軽かったら意識を失うくらいですけど」

「……待て、それは大丈夫なのか？」

「その……危険です。なので僕がここに立っているのは奇跡だから……正直、階層主《ボス》に関しても運の要素が大きいので、いただいた評価も結構過大なところがあると思い、ます……」

「偶然階層主《ボス》を撃破なんてされたらたまったものではないがな……」

話を総合するに、少なくとも個人の戦闘に関して、ヴィム少年の付与術は本人に相当の危険《リスク》を強いているということになるか。

いや、どうなんだ？

ヴィム少年の頭脳は信用しているし、だからこそこうして話を聞いているわけだが、自己評価という要素が絡まるとヴィム少年はまったく信頼できない語り手と化す。本当にそこまで危険《リスク》が高いなら、あの階層主《ボス》のときのような戦闘は不可能なはずだ。

何億、何兆分の一の確率が実現した場合、疑うべきはその確率の方だろう。

そんなものは個人の感覚の中での話だから、他人がどうこう言うべき領域ではない。

だが、ヴィム少年が本当に自身の力を実力でなく運である、と処理しているとなれば。

他人から見ても明らかにおかしい部分が顕現する。

――彼は、そんな低確率に自分の身を投げ出し続けていたのか？

それはもはや、狂人の域だ。

安全に対する意識は高いと思っていたが、どういう釣り合いをとっているんだ？　わからない。実力は疑いようがないし、階層主《ボス》を撃破した時点である程度の大物までは一瞬で屠れるであろうことは勘定に入れていいはずだが……

ゆっくりと、しかし迷いなく第九十八階層を進んでいく。

前回に痛い目を見せてきた〝空〟の下でも、団員たちの足取りは自信に満ちていた。それは自らの一歩が無駄にならないと確信しているからだった。

ヴィム少年の運用方法はこれから様々な型を試していくべきだろうが、今回の編成はなかなかいい。当分はこれで決まりとしていいかもしれない。

絶対に撃破されない高機動の斥候。

将なら喉から手が出るほど欲しい妄想の産物が、実際に私の指揮の通り動いているのである。

これならほとんど回り道をしないで、かつ危険を冒さず本隊を動かせる。

『こちらヴィム。カミラさん、ここも行き止まりです』

早いな。

『了解した。ではまた引き返して——』

『団長、緊急です！　こちらジーモン！　小部隊四班です！』

ヴィム少年に指示を出そうとしたところ、別の伝達が入った。

『どうした？』

『前方に大型二体の出現を確認したところ、後方にも大型が一体出現しました！　まだ退避は可能ですが、このままでは囲まれます』

『了解した。まずは退避して本隊に合流してくれ』

大型三体か。

本隊で叩くにしても多いな。一度引き返すか？

そこまで考えて立ち止まる。

いや、今回はそこまで慎重になるのは過剰だ。

『ヴィム少年、今から指示を出す方に向かってくれないか。大型複数体を殲滅する』

絶対的な戦力がいるなら、使いどきはここだろう。


膨らんだ道に大型が三体。

二体はワイバーン、一体は獅子の顔を持つ合成獣《キメラ》だ。

厄介なのは二体のワイバーンだろう。

片方は我々を品定めするように高く飛んでいる。もう一体は地面で確と脚に力を溜めており、どのような攻撃でも避けられるよう、そして回避をした次の瞬間には我々に攻撃を加えられるように構えていた。

陣を先に組んで相対したので、膠着状態を作ることには成功した。

盾部隊はどっしりと構えて我々を守ってくれており、この人数ならヴィム少年の強化《バフ》がなくてもしばらくは保つ保証ができる。

『こちらカミラ。ハイデマリー、行けるか？』

『こちらハイデマリー。行けます』

『よし、後衛部隊、撃て！』

「「「「『銀紙吹雪《ドユビー・シユブリガン》』」」」」

氷の粉塵を前方向に一気に拡散させる。

モンスター共は防御の体勢をとる。

本来なら次の瞬間に反撃が来るはずだ。

しかし、来ない。

モンスター共は肩透かしを食らって混乱している。これは攻撃ではなく目くらましだ。ワイバーンの感覚器官を狂わせるように光を乱反射させている。

『二撃目、上空のワイバーンに向かって撃て！』

後衛部隊に準備を促す。頭上に巨大の氷の矢が顕現し、雷を纏い始める。

「「「「『氷雷槍《ゲビター・スピア》』」」」」

うなりを上げて槍が射出される。

ワイバーンは避けるまもなく被弾する。そのまま大きく高度を下げた。

『前衛部隊、直進！　できるだけやつらの気を引け！』

やつらの混乱に乗じて盾部隊を中心に接近する。

さあ、準備は整った。

『ヴィム少年、行けるか』

＊

『はい』

カミラさんからの伝達に応える。

彼女の提案により、この作戦の仕上げは俺が担当することになった。責任重大だ。

今、俺がいる小部隊は三体の大型モンスターの背後にいる。

これは本隊を囮《おとり》とした豪華な陽動作戦。多少無茶をしてでも成功させなければならない。

「移行：『傀儡師《ペプンシユピーラー》』」

視界がゆっくりになった。

今ならいける。

視界全体で、三体の動きを同時に捉える。

大きく高度を下げたワイバーンは体勢を立て直そうと強く羽ばたいている。

地上にいる合成獣《キメラ》ともう一体のワイバーンは前衛部隊に対応すべく右往左往していて、互いの場所取りに苦心しているらしいことが窺える。

うん。

手の震えが来た。いけそうだ。

「『瞬間増強《パンプアップ》・二十倍《ツァイリーマール》』」

――まったく、カミラさんも無茶なことを要求してくる。

この前のあれは自分でもよくやったと思う。ただ、あれはできすぎだった。

今だって低確率の綱渡りの最中。一秒後には死んでいてもおかしくない。

本来なら俺は応じるべきじゃなかった。

うん？

じゃあ、俺はなぜ応じた？

できると思ってるのか？

あれ？

いやいや、迷うところじゃない。

評価してもらった分、奇跡でもなんでもいいから仕事を全うする。それだけだ。

うん、今考えることじゃない。

まず、大きく跳ぶ。跳ぶというより飛ぶ気分。

実際は空中で加速などできるわけもないが、ぐんぐん加速しているような心地で上空のワイバーンに接近する。

山刀《マチェット》を居合で抜いて首を斬り裂く。人間で言う頸動脈の部分だ。

そして残った勢いで背中を蹴ってもう一体のワイバーンの方に落下させる。

反作用で俺も、今度は合成獣《キメラ》の首元に接近。みんなが引き付けてくれているのでがら空きだった。

同じように首元を横から二、三回斬り付ける。

左を見る。

さっきのワイバーンが落下して、地上にいる方のワイバーンの視界を防いでいた。予定通り、俺は死角にいることになる。

右脚で横に蹴って左に大きく跳ぶ。

次の着地は両足で、今度は右に跳ぶ準備をする。

ワイバーンからすれば、仲間が落ちてきたのと同時に何かに背後に回り込まれた格好だ。

あとはやりたい放題。

用意してきたもう一本の山刀《マチエット》を抜く。今なら右手も左手も両方利き手だ。単純に二倍斬り裂ける。

右で斬ったら一回転する間に左で斬り直し、左で弾かれたらその弾かれた勢いを右で利用する。

剣撃でワイバーンの体をなぞるように、脚から首へと連続で斬って登っていく。

最後には勢い余って、首を斬り付けるだけのつもりが、斬り落とすところまで行った。

「――ふう」

着地して、強化《バフ》を解く。

疲労感が押し寄せて来ると共に景色に速度が戻って、ズシンと音がした。

ワイバーンの首が落ちたのだ。

残りの二体の方にも目をやる。前衛部隊の人達が念のため止めをさしてくれていた。

大型モンスターすべての動きが止まって、一瞬の沈黙がきた。

遅れて、大きな歓声がワッと広がった。

流れるように担ぎ上げられて、もみくちゃにされた。

悪い気分はしなかった。


転送陣をいくつか経て冒険者ギルドに戻ると、いつもよりたくさんの冒険者たちが目に入った。

今、冒険者たちは盛り上がるに盛り上がっており、その活気は俺がフィールブロンに来てから見たことがないくらいだった。

そして俺たち【夜蜻蛉《ナキリベラ》】が帰還したのを見ると、大きな歓声が上がった。

人ごみに揉まれながら、みんな手を振って応えている。

俺も似たようにすればいいのか？　とにかくみんなの動きに身を任せよう。

そうしていると、いくつもの声が聞こえてきた。

――あれが、ヴィム＝シュトラウスか？

――そうだよ。階層主《ボス》を一人で倒したっていう。

おお、変な気分だ。

――若いと聞いてはいたが、いい体格をしているな。

――違う、それはアーベルってやつだ。

――は？

――あの細くて暗い感じの彼。

……ズッコケそうになった。

でも俺の方にたくさんの視線が集まっているのは確からしい。

しかも何か変な視線も感じる。何人かが妙な、品定めをするような視線で見ている。

「ヴィム少年、ちょっとこちらへ」

「……？　なんでしょう？」

呼ばれたので、カミラさんの方へ行く。

「ああ、特に用があるわけではなくてな。団長の目の前で団員を引き抜こうとする輩もおらんだろう」

ん？

妙な視線が消えたのがわかった。

なるほど、勧誘防止のために守ってくれているわけか。

おお、なんだかむず痒いぞ。

俺、そういう対象になる人間なのか。

カミラさんに気苦労をかけるのは申し訳ないけど、なんだか嬉しいかもしれない。

ギルドを出るともう夜だった。

【夜蜻蛉《ナキリベラ》】は威風堂々と人が溢れる夜のフィールブロンを闊歩していく。

街の人たちが俺たちを囲って、声援を飛ばしていた。みんなもそれに手を振って応えている。

それが仕事の一部みたいだった。

見上げたカミラさんの顔が、いつもよりいっそう凛々しく見えた、人々の羨望を集める団員たちをまとめて率いている姿は、まるでフィールブロンの主のようだった。

仮団員から正式な団員になって、景色が変わる。

俺はこんなに凄い人たちの一員なのか、と。

俺は正式な団員として、この人たちと一緒に成果を上げたのだ。誇らしい気分だった。

隣のマルクさんと目が合った。

マルクさんはニカッと笑った。

「やったな。すげえよ」

拳を突き出される。

……？

「ほれ」

ああ、そういうやつか。

俺も拳を出して、合わせる。

「これからよろしくな、ヴィムさん」

「……はい！」

今までとは違う、弾けるような達成感が込みあがる。

俺はこの人たちの仲間になったんだと実感して、お墨付きをもらったような気分になる。

これは下手なことはできないな、と身を引き締めた。

◆

ゲストハウスの扉を開ければ、軽く荷造りをしているヴィムがいた。

「あ、ハイデマリー」

「やあやあ。あれあれ、出ていってしまうのかい？　やだねぇこれだから一所にいられない根無し草ってのは。せっかく同郷の盟友が口利いてあげたってのに」

「ちょっと引っ越すだけだって……」

うん、知ってる。正式な団員になった以上、ゲストハウスから本棟の屋敷に移る必要があるというだけだ。

部屋を見回してみれば、ここに転がりこんできたときよりも荷物が増えている。その多くは入院中にもらった見舞い品なのだけれど、消費しきれてはいないようだ。

でも、中には見舞い品でもないものがちらほら。

本だ。

ヴィムはもともとかなり本を読む。ここ最近は忙しくて読めていなかったのだけれど、また集め始めたということは、心の余裕も出てきたということだ。

それ自体はたいへん喜ばしいのだけれど。

「ねえ、ヴィム」

「……ん？」

「遅れたけど、退院おめでとう。そして入団もね。これで私たちは晴れて同僚だ」

「あ、ありがとう……」

「まあ、私としてはもうちょっとゆっくり治してほしかったんだけどね」

ちょっと言ってみた。

疑惑半分の鎌かけである。私だってヴィムの内心まで覗けるわけじゃない。でも、彼の目をまっすぐ見てみれば、案の定逸らされた。当たってたみたいだ。

「退院がどう考えても早すぎるんだよね。やせ我慢して誤診断を誘うってのは何の解決にもならないしやらないだろうから、付与術で何かしたでしょ」

「……い、いやぁ、別に、ははは。たまたまかなぁ……なんて」

「傀儡師《ペプンシュピーラー》の応用……なのかな？　まさか頭脳の構造を解明した、なんてことはないだろうから、下垂体周辺をなんとなく活性化させたってことだと思うけど」

「な、なぜ全部バレてるんですか」

「ヴィムのことならなんでも知っているからね」

人体の回復は脳の伝達物質を介した指令によって行われるわけで、その出をよくすると回復が早くなるのは道理と言えば道理。

問題はそんなに雑に考えていいのかってところ。

「絶対良くないでしょ、それ」

「い、いや……人間の機能を高めただけだから、大丈夫だったりは……」

「こちとら賢者、神官の癒しもできるし、むしろ本業だよ。どれだけの神官が人体のありのままの機能を高め、回復と筋力増強の狭間でモンスターと見分けがつかない肉塊を生み出してきたかゆーっくり聞かせてやろうか」

「……すみません」

本人の中でも無茶をしている自覚はあったみたいだ。

この辺、ヴィムは本当に危なっかしいのだ。選択肢が整理されてしまったらさも当然かのように死にに行ったりするから。

今回は自覚している分、まだマシかもしれない。

「別にそんなに焦って退院しなくても、みんな待ってくれてたと思うぜ。面会が辛いなら言えばもっと減らしてくれるって」

「そ、そうだよね、へへへ……」

じゃあなんでそんなに焦っていたの、と聞きたい。

でもそれは聞くってことじゃなくて、問い詰めるってことになってしまう。

本人の中でもつり合いが取れているのかいないのか。

嫌で逃げてきたわけではないはずなのだ。本人も評価してもらえること、構ってもらえること、会いたいと言ってもらえることが嬉しいはずなのだ。

——だって君は、人の輪を見て、寂しそうな顔をするからさ。

掴めない。どれだけ君のことを知ろうとしても、肝心な部分だけはぼやけて見えないままで、思い通りにできることなんて一つもないんだ。

心の中を盗聴できないことが、本当にもどかしい。

「ねえ、ヴィム」

「……ん？」

「【夜蜻蛉《ナキリベラ》】のみんなは、好きかい？」

「……うん」

「そいつぁあよかった」

結局のところ私には、見守ることしかできないみたいだ。

＊

多忙の日々である。

来る日も来る日も第九十八階層の攻略でてんてこ舞い。潜っては寝て潜っては寝てを繰り返し、ようやくやってきた休みも、休みというよりは物資の補給、作戦の整理のための中日みたいなもの。せいぜい解放されるのは夜で、明日以降に備えて寝るのが賢明だった。

なのに、なぜ俺は来てしまったのだろうか。

人気のない夜にわざわざ見つからないように屋敷を抜け出して、要領を得ないまま渡された名刺の裏の指示通りに歩き続けてみる、なんてことをしてしまった。

そうして辿り着いたのはなんと、冒険者ギルドの裏口である。

こんな時間で、しかも裏口となれば人っ子一人見当たらない。

誰も見ていないことを確認し直して、名刺の指示通りに、コン、コン、ココンと扉を中指の第二関節で叩いた。

「やや、シュトラウス氏」

扉が半開きになって、ゲレオンさんが小声で俺の名前を呼びながら顔を出した。

俺が口を開こうとすると、彼は右手の人差し指を口の前に持ってきて、左手で俺にメモを渡した。

『失礼。我々、秘密結社でございますので、結界を張らせていただいております。薬指で十字を切ってから入っていただけると有難く存じます』

指示通り、薬指で十字を切る。

それが見届けられて、手招きをされた。従って中に入る。

ガチャ、と扉が閉じて、ようやくゲレオンさんは口を開いた。

「ようこそいらっしゃいました！　シュトラウス氏！　いやいや申し訳ない！」

「あ……いえいえ。迷宮狂《ラビリンス・フリーク》らしいといいますか、その」

初っ端から怪しい雰囲気が全開だったのでちょっと引きそうになってしまったけど、むしろ秘密基地ごっこみたいでわくわくしてしまった。

「ちょっと、楽しいです」

「ひひひひひ、やはりシュトラウス氏、わかっていらっしゃる」

ゲレオンさんの笑い方につられて、俺もひひっと笑ってしまいそうになった。

「さあさあ、我々についての紹介もさせていただきたいのですが、合わせて、我らがリーダーがぜひご挨拶差し上げたいと申しておりまして」

「リーダー、ですか？」

「ええ。ときにシュトラウス氏、今月の迷宮狂《ラビリンス・フリーク》の序文は確とお読みになられましたかな？」

「はい。とても熱の籠った文章で……」

「その書き手の名前は、ご記憶に？」

もちろんだ。それをわざわざ聞いてくるということは。

「ハインケス博士です。……もしかして」

「ええ。我々のリーダー、迷宮狂《ラビリンス・フリーク》の編集長にして最新鋭の論者を兼ねて務めますのは、ハインケス博士にございます」

冒険者ギルドの裏口から繋がっていたのは、一階ではなく地下の方だった。すなわち、迷宮《ラビリンス》第一階層と同じ場所に階段で降りていくということである。

「秘密結社、と言いつつ冒険者ギルドを利用しているのでおかしな話でありますが、要は母体はちゃんとした正式なものということです、ひひひひひ」

「あ、そういう」

「気分が大事ですぞ、気分が」

薄暗い階段をゆっくり降りていった先には、中央が大きく凹んだ講堂があった。

三十人くらいの人がまばらに座っていた。半分は白衣を着ていて、もう半分は撚れた布をまんま加工したかのようなぼろきれを着ている。後ろからの人影ではみんな男性か女性かわからない。

中央の黒板には図と数式が羅列された模造紙が貼り付けられていて、教壇の上には模型のようなものが置かれていた。

学院には通ったことがないけれど、きっとこんな感じだと思った。

「おーい！　ゲレオン！　そちらはシュトラウス氏だね⁉」

ひときわよく通る声が聞こえた。女性の声である。

たったった、と軽い足取りで講堂の入り口を登ってくる。挙動に幼ささえ感じて場違いな雰囲気すら出たけども、周りの反応はそうではない。彼女の堂々とした立ち振る舞いが、ここにいる者全員の長だと確信させた。

見えた姿は、声からわかったように、細身の女性。

そのぱっちり開いた目から受けるのは、まさしく天真爛漫といった印象だった。

背丈は高くないどころか小さい方で俺よりも低い。女性というよりは少女というような、さらに言えば中性的で少年のようにも見える風貌。

着ているジャケットがフィールブロンの子供が冒険者ごっこのときに着るようなそれで、さっきまで洞窟にでも潜っていたのかってくらいに関節の一つ一つが汚れている。

「やあ！　私はリタ＝ハインケス！　迷宮狂《ラビリンス・フリーク》ではハインケス博士の名前で投稿させてもらってる！　同誌の編集長でもあるよ！」

呆気に取られていた。

てっきり、壮年の男性かと思っていた。

「ひひひひひ、シュトラウス氏、初めてここに来た者はみんな似たような反応……いや、まあまったく無反応のやつもいますが、を示しますぞ！」

「やーだねーゲレオンは。シュトラウス氏、これでも私は君より歳上、そうだね、君のところのカミラと同じくらいの歳さ！　リタさんと呼んでおくれ！」

「そ、そうですか……」

「それより！　会えて光栄だよ！」

「あ……どうも、すみません。自己紹介が遅れて。ヴィム＝シュトラウスです。今はその……【夜蜻蛉《ナキリベラ》】に所属しています」

「うんうん。君のことはよーく知っているよ！　もちろん、第九十八階層の階層主《ボス》討伐もだけども、それ以上に」

……それ以上に？

「君が趣味で寄稿している論文を読ませてもらっているのさ！　うちには来たことないけど、他紙ではちょこちょこ掲載されてるよね！」

「なっ……」

あれ、読んでいる人とかいたのか。

「我々にとって重要だったのが、一年前の『大型モンスターの兆候となる羽虫二十五種について』だね。散々苦労していた蝿の同定をぽっと出の論者が成し得ていたものだから、当時はかなりの衝撃だったんだよ！」

「あ、ありがとうございます……？」

急に自分の書いた文が読まれていたと聞いて、両肩がむず痒くなるような気恥ずかしさがこみ上げてきた。

「というわけで、我々は君を歓迎するよ！　こんな怪しい集まりでごめんよ！　昔、賢者協会と揉めたことがあってさ。こうやってこそこそ隠れながら編纂しないといけなくなっちゃって！」

リタさんは大きな目を俺にグッと近づけるようにして続ける。

「我々がどういう団体かってことだけど、普段は冒険者ギルド直属の調査隊として活動しているんだ。ここで集まっているのは、要は昼間の職場を夜にもこっそり使っている、ということね」

ギルドの調査隊か。

そう考えれば納得がいった。この世界で一番迷宮《ラビリンス》の謎に近い公的機関といえば、調査隊を置いて他にない。

「表向きは清く正しい冒険者ギルドの調査隊！　だけどっ！　その裏の顔はっ……！」

彼女はパッと両手を広げて、朗々と読み上げるように言った。

「迷宮狂《ラビリンス・フリーク》の発行母体なのさ！」

言い終わって、とんと肩を落とす。

「んー、まあ、言ってみたけど、要は冒険者ギルドの調査隊が主となって趣味で集まったサークルが、ちょっと表じゃ言いにくい論文をこっそり世に出すべく迷宮狂《ラビリンス・フリーク》を発行していたということさ」

「……なるほど」

「というわけでシュトラウス氏！　今から各々の研究成果の発表会をするんだ！　誌面に載っているのはあくまでごく一部、それも紙に残って問題のない範囲だよ！　迷宮狂《ラビリンス・フリーク》の真髄を見たきゃこの発表会を見ないと始まらない！」

手が差し出された先に、引かれた椅子があった。

「もちろん、見ていくよね？」

唾を呑んで、頷いた。

「これは、魔道具の応用、ですか？」

最初の発表の題は『迷宮壁再現機構その伍、治癒による試み弐』だった。

完全に内容が理解できたわけではないけれど、どうやら魔道具を用いた治癒実験らしい。切り離した手足を、胴体に縫合することなくそれ単体で自己修復できるようにする試み……だと思う。

「うん！　迷宮《ラビリンス》の機構の再現なんだけど……ほら、迷宮《ラビリンス》の壁って再生するものが多いでしょ。転送陣の他にはあれが常設されている装置、ということになるわけだけど、魔道具の延長で解析すれども原理にはまったく接近できていないんだよね。この話は知ってる？」

頷く。一部界隈では有名な話である。界隈に入れてもらったこととかないけど。

魔道具というのは魔石を燃料として光や力、熱を取り出す装置のことを指す。機械以外の機構といえばこの魔道具一択ということになり、したがって迷宮《ラビリンス》の装置も超高度な魔道具である、という推測が妥当なわけだが、これがなかなか難しい。

迷宮《ラビリンス》の機構が魔石を消費している痕跡が見つからない、ということらしいのだ。どこからなんのエネルギーを使って動いているのかがわからないから、解析のしようもない。

「それで解析とは別途、なんとかこちらで自立式の魔道具を組み合わせて、近い機構が再現できないか試みているわけさ！　毎度失敗するから、発表会の前座ってことで恒例なんだけどね」

ガラガラ、と音がした。

キャスター付きのテーブルが運ばれてきた。その上には肌色の何か蠢《うごめ》くもの、おそらくは実験の成果物らしいものが載っていた。

リタさんはニコニコと笑みを浮かべながら、それを指差した。

「ほら、見てて。あれは皮膚を繋ぎ合わせたものなんだけど。あれを切ってみて止血できるか、

「そのあと再生するかを見てるんだよ」

　発表者の男性がナイフでその検体を切ると、切り口から赤い液体が出た。

「皮膚って、なんの皮膚ですか？」

「あれは……えーっと、豚だね！　豚の皮膚を循環器をできるだけ残して縫い合わせたものだよ！　そこに、えーっと、魔道具で家畜用の神官の治癒を施し続けているわけ！」

　彼女の言葉通り、切り口からの出血は瞬く間に止まった。検体はひとりでに蠢いてギュッと収縮し、切り口は一つの皺のようになって見えなくなった。

「おおー」

　すごいな。

　かなりグロテスクだけど、こんな試み、見たことない。

「今回は成功かな……？」

　リタさんも身を乗り出してじっと見る。

　しかしちょっとすると皺はキュッと開いて、切り口が広がってしまった。検体はそのまま萎んで、ただの動かない肉塊になった。

「あー……うーん、やっぱりかぁ。でもまあ、進歩はあったかな」

　パラパラと拍手が上がって、質問が始まった。

　質疑応答は俺じゃついていくのがギリギリなくらい高度なもので、というかめちゃくちゃ早口で聞き取りにくい。しかし参加者が全員発表を理解しているかといえばそんなことはなく、熱を上げているのは数割で、残りは興味がなさそうにブツブツと独り言を言いながら書き物をしていた。

　なんだか、無法地帯のようである。

「あの、リタさん。家畜用の治癒って、初めて聞いたのですが。書かれている詠唱は通常の人間のものじゃ」

「あー……象徴詠唱で省略されてるんじゃないかな？　実験用にわざわざ組んだんだよ！」

　それは、すごいな。

「いやー一苦労だった。えー、えー、えー……まあね、家畜とはいえ少し非人道的だが、許してほしい！　検体はあとで調査隊が美味しくいただくからね！」

「い、いや、それは僕が口を出すことでは」

　生体を使った実験の生命倫理は追えばキリがない。尊重する意思さえあれば大きな問題にはならない、はず。

　それに、かなり興味をそそられた。もうこの時点であとで話を聞きに行きたいくらいだ。

　黒板を挟んだ反対側の机がバン！　と鳴った。

「ふざけんな！」

　一人の白衣を着た女性が、発表者の男性にスタスタと歩み寄った。

　そして、殴った。

　男性も負けじと殴り返した。準備をしていたようだった。

「……は？」

「あちゃー、始まってしまったかー、はいはい！　次は……ちょうどいい！　ペートルス！　準備して！」

殴り合いが始まったのを後目に、他の参加者たちがそそくさと準備を始めた。

「あ、あの、あの二人はいいんですか？」

「あー、あの二人はコンペにかけられて勝った方が予算取ってるんだよ。言い負かしたやつが失敗してたらそりゃね」

「え、えぇ……」

「まぁ、主張はぶつかるものさ！　ペンを持つ方の手と頭を守ってくれればそれでいい！」

あれよあれよという間に模造紙も検体も片付けられて、ペートルスさんと呼ばれた男性の発表の番になった。

「シュトラウス氏。彼の発表は聞いておいた方がいいよ！　あいつはモンスターの生態学の専門、君の論文と近しいところがある。それに何より……君自身の報告書が元になった発表だからね！」

「えー、こほん！　みなさんご注目！」

ペートルスさんは非常に背が高く、体格のいい男性だった。そのよく通る低い声で、高らかに口火を切った。

「第九十八階層の階層主《ボス》の同定が完了したぞ！　やつは確かに海牛《ジークン》の近縁種だが一致するのはせ

いぜい網までだ。完全に一致するのは絶滅した雨虎《アメフラシ》という生物にあたる。痕跡器官からして、およそ二千年前に分化したものだと思われる！」

……面白い。

ペートルスさんの試みは、モンスターの元となった生物を解き明かそうというものだった。

モンスターとは魔力を帯びた動物であり、多くは化け物でありながらも生物然としている場合が多い。

ここから逆説的に、もしもモンスターが魔力を帯びていなかったら、という問いが出るのは、考えられないことじゃないわけだ。

彼はまず報告書のスケッチを軸に、海牛《ジークン》の近縁種にあたる生物に総当たりの検索をかけた。しかしどうしてもぴたりと一致する生き物が出てこない。

問題は階層主《ボス》が持っていた貝殻だった。階層主《ボス》は内臓を守るために体内に殻を有していたのだが、これに近い特徴を持つ生物は現存していなかったのである。

彼は諦めなかった。現存する生物でないならそういうモンスターなのだ、と安易に処理しなかった。現存しないのなら、過去に存在して絶滅したんじゃないかと推測し、調査を断行した。

すると、いたのである。体内に貝殻を持つ生物が。

雨虎《アメフラシ》という生物の化石が、フィールブロンの遥か東にある漁港から大量に産出されていたらしいのだ。

あとは証拠探しである。迷宮《ラビリンス》からはいったん離れて、通常の古生物学に立ち戻り、かの雨虎《アメフラシ》の生態を明らかにしていく。

一番大きなものは、背中から黒霧を噴霧するという生態だった。化石の周辺から見つかった特有の無機物《ミネラル》の配合率と、第九十八階層に降った雨の成分の間に共通点が見つかり、晴れて第九十八階層の階層主《ボス》は雨虎《アメフラシ》をもじって呼称される方向に進むことになった。

「これは……普通に公表しないんですか？」

どこにも危なげがない、価値のある話に思えたから、リタさんにそう聞いてみた。

「もちろんするよ！　でも手法がまだ公式に認可が下りていないものが多いから、ここから行けそうなやつだけ整理して降ろしていく形になるね。引用している論文も未承認の内輪のものばっかりだし、実は調査地までの転送陣の権利関係みたいなものもややこしいの」

なるほど、そういうこともあるのか。

ペートルスさんの発表が終わった。大きな拍手が鳴った。

「以上だ！」

言い終わった彼の目は、俺を射貫いていた。

「シュトラウス氏、ペートルスが君の感想をご所望だよ」

「え……？　僕、ですか？　その、なぜ」

「そりゃもちろん、第九十八階層の階層主《ボス》と一番長く触れたのは君だからね。現場の冒険者の直観に問うというのは、我々にとっても大きなことなわけさ」

そういうものだろうか。

俺で言うと強化《バフ》をかけた相手の意見が聞きたいとか、そういうところ？

沈黙して、俺の方に視線が集まっていた。

「あー……その、素晴らしい、発表だったと思います」

「本当か？　予感でも構わない、何か外していそうなことがあれば言ってくれ」

無難なことを言おうとしたら、即座に返されてしまった。

「えっ……あー、えー……その、短い方の二対の触覚は痕跡器官じゃないと思います。海牛《ジークン》の場合もそうですが、あれって力場に比例して動く器官では……いや、へへへ。すみませんその辺言及されてたら申し訳ないんですけど」

強いて言うなら本当にそれくらいだ。

俺がそう言うと、ペートルスさんは不意打ちをくらったような顔をした。

それを見たリタさんは笑っていた。

「ははは！　いやいや構わない！　ペートルスの凡ミスだよ！　あとは大丈夫かな？」

「は、はい。本当に素晴らしい発表だったと思います。僕じゃ思いつきすらしなかったですし」

「そうかいそうかい！　よかったね、ペートルス！」

「ああ。光栄の極みだ、シュトラウス殿」

「すみませんすみません！　そもそも僕には評価できるほどの知識がないというか、もう、あまりに抜本的で気持ちがよくて大規模で——」

本当に、久々に好奇心を煽られてしまった。

「――もうちょっと大きな背景が、見えてきそうな壮大さというか」

俺は感想を述べていた。

「すごい、ですよね。ここから得られる話を発展させれば、過去に絶滅した生物がもしもそのままに進化していたら、という形が迷宮《ラビリンス》では実現していることになります」

そのはずなのに、喋りながらちらりと前を向いたときに気付いた。

空気が、変わっている。

リタさんが立ち上がった。

「諸君、いいかね？」

彼女は俺以外の参加者に投げかけるように問うていた。彼らは肯定も否定もせず、品定めするような目で俺を見た。

「シュトラウス氏。正解だよ。我々にはもっと大きな目的がある」

リタさんは一歩ずつ詰めるようにして、言った。

「迷宮狂《ラビリンス・フリーク》の読者なら、その大枠、我々がこれから為そうとしていること、証明しようとしていることに想像がつくはずなんだよね！」

「大枠、ですか」

「うん。というか序文に書いたしね！　言ってみて、シュトラウス氏」

急にそんなことを言われても、と唾を呑むのが半分だった。

だけどもう半分は、確かに心当たりがあった。

「迷宮《ラビリンス》の場所……ですか？」

「正解だ！」

リタさんはよく通る声で言った。

よく言われる与太話として、迷宮《ラビリンス》の構造は実際にどうなっているか、というものがある。

話の種としては単純で、より下の階層に行きたいのならひたすら地面を掘ればいいのでは？　というものだ。そして実際にそれを試した話もちらほらあって、大抵は掘りきれなかった、というオチに終わることが多い。

そこで出てきた仮説が二つ。

一つはそのまま地下説。階層間の隔たりが人力では掘り起こせないほど大きいのでは、というもの。

もう一つは異空間説。迷宮《ラビリンス》とは特殊な建物であり、すでにある空間を拡張しているだとかいう突飛なもの。

「じゃあ次だ。その迷宮《ラビリンス》の場所を考えるにあたって、第九十八階層のある要素が大きな転換になった。その転換とは何か、わかる？」

これも心当たりがある。すぐにわかる。

「〝空〟の存在です」

「さすがだ。〝空〟の存在は所謂迷宮《ラビリンス》の構造の議論における地下説を完全に否定した。異空間説はわからないものにわからないとラベルを貼っただけだから置いておいて、そうなればただちに、我々は『地下にないならどこにある？』という疑問に立ち返らねばならない」

　彼女は両手を振って、指示を出した。

「さあ、ここからが仮説だ。鍵は植生と動物、モンスターの進化系統なんだ。各階層によって生育条件があまりに違いすぎるから、同種であることの同定が非常に難しかったんだけど、研究が進むにつれてそれらの生物の共通点、グラデーションが見えてきた」

　それから教壇に上がる。

「そして植生や生物の生態は、気候という要素に直結する」

　さっきの発表が片付けられて、一枚の大きな模造紙が黒板に張り出された。

　模造紙には一つの大きな図形が描かれていた。風船の形をした、赤、青、緑、紫と色分けされた図である。

「さて、これは仮想大陸だ。我々はね、迷宮《ラビリンス》は別大陸にあると踏んでいるんだ！」

　リタさんは宣言するように言った。


　仮想大陸というのは、広がる海に一つの大陸を仮定したとき、海流や風向きからその大陸の各箇所が理論上はどのような気候を持つのか、ということを考えた思考実験だ。

　その仮想大陸が描かれた図を前に、リタさんはたくさんの平らで丸い磁石を抱えて立った。その磁石には小さく数字が記されている。

「迷宮《ラビリンス》の謎の一つに、階層の規則性がよくわからない、というものがあるよね。たとえば、第二十六階層と第二十七階層のモンスターとその生態系はまったく別だ。しかし全階層が別かと言われれば、第二十六階層と第九十七階層の両方にワイバーンの甲種が出る、なんてこともある。だからなんとなーく、どこかで何かが繋がっていると思われるんだけど、温度や土壌を抜き出しても動植物を抜き出しても断言できるほどの規則性は見えないわけだ」

俺は頷いた。

それは迷宮《ラビリンス》の根本的な謎に関わることらしかった。迷宮《ラビリンス》の名状しがたい、しかし確かに存在する統一感の源の話だ。

「でも、我々はその規則性を諦めなかった。魔力で補われた動植物の成長と耐性は割り引いて考え、本来の姿を想定した。階層を渡って存在する疑いがある生物を網羅し、あるいは同種とみなされていなかった二種が同種であると看破した。あとは比較見当だ。そうして、その階層の生物相がもともとどんな気候の下で育まれたかを断定したんだ」

リタさんは俺に、磁石の数字を掲げて見せた。

ようやく意味を理解する。

あの数字は、階層の番号だ。すなわち、磁石は各階層そのものを表している。

「そして断定した気候に鑑《かんが》みて、仮想大陸に各階層を並べていく！」

小気味よく磁石が図に貼り付けられていく。

すべて貼り終えて、リタさんは高らかに言った。

「どう？　これならあらゆることに説明がつく。たとえば、さっき言ったワイバーンの甲種が現れる第二十六階層と第九十七階層は隣り合っている」

見てみると、確かにそうだ。

そして、その二つの磁石のすぐそばにある第三十三階層。

ここにも、ワイバーンの甲種は現れる。

「これが意味するところは、わかるね？」

ここまで言われてわからないわけがない。

さすがに唾を呑んだ俺を見て、リタさんは楽しそうに言った。

「つまり我々は、転送陣によって、ある大陸の各箇所に飛ばされ、移動していたんだよ」

じっくりと模造紙を見つめ直した。

成立している。

明らかに特異な生物相を持つ階層などは、他の階層から大幅に離れた位置にある。件の〝雨虎《アメフラシ》〟がいた第九十八階層が臨海部にあることも示唆的に思える。

「我々はこれを大陸仮説と呼んでいてね。我々が住んでいる大陸の他に、迷宮《ラビリンス》が存在する別大陸が存在することを証明する。それが今の我々の至上命題なんだ」

「すごく、壮大な、話ですね」

「うん！　証明されればフィールブロンがひっくり返る！」

リタさんを見る。

彼女の口調は熱に浮かされていて、視点が現実世界に定まっていないかのように見えてしまう。しかし積み上げられた論拠と、それから示唆されるものの規模《スケール》は、夢想に値するくらいわくわくするものだった。

間違いない。

見た目で半信半疑になっていたことをようやく自覚する。

彼女こそが、あのハインケス博士なのである。

「だけどね、ひっくり返るから、あんまり大っぴらには言えないのさ。覚えあるでしょ？　そういうのって、嫌われちゃうの」

地に足を着かせて、彼女は声を小さくした。

「我々がちゃんと調査隊という資格を持っているにもかかわらず、わざわざ隠れてこういうことをやっているのもそういうわけなのさ。迷宮狂《ラビリンス・フリーク》も、大々的に売り出してしまえば発禁は免れない。だから内緒ね。特に今日の大陸仮説はさ。そもそもまだ仮説の段階だしね」

「……はい」

「どう……？　面白かった？」

朗々とした調子はこっちが戸惑ってしまうくらい不安な問いかけになって、特別な意味が込められていることがわかった。

彼女の大きな瞳が、俺の言葉を待つかのように開かれていた。

俺の返答は決まっていた。

「はい。とても」

「よし！」

一瞬見せた沈んだ顔はぱっと切り替わって、彼女はまた、弾けるような天真爛漫な笑顔に戻った。

「本日はお越しくださりまことに感謝だよ！　そして君なら、我々の同胞になれると確信した！　いいや違うね！　我らはすでに同胞なのさ！」

「いや、えっと、それは」

「いやいや！　まさか【夜蜻蛉《ナキリベラ》】をやめてこっちに来いとは言わないさ！　私たちはあくまでサークルだからね！　ときどきこの集まりに参加してほしい、良い題材があったら寄稿してほしいってことさ！」

あ、そういう。

「そういうことなら、ぜひ、よろしくお願いします！」

「うむうむ！」

一斉に拍手が起きた。

人それぞれテンポが違うし、長さもバラバラで音も小さい自然な拍手だった。

「まだ、見ていくでしょ？」

リタさんは言う。

ここまできたら全部一緒だ。地下だから窓はないけど、もうすっかり夜は遅いはず。今日寝ることはもう諦めて、頷いた。

白み始めた空の下、屋敷への帰路につく。

手にはしっかりとした上等な布に包まれた台紙が握られていた。

――招待状！　もうちょっとあとだけど、我々も大規模調査を行うんだ！　ぜひ来てね！　こっちは表の、冒険者ギルドの調査隊としての正式なものだよ！　カミラに見せたらちゃんと許可はもらえると思う！　あっ……私の名前は出さないでね。あいつ、私のこと嫌いだからさ！

これ、どうしよう。

特に決意なく来たのに、軽く聞くにはあまりに壮大な話を目の当たりにしてしまった。

だけど、久々に楽しかった、ような。

自分でも言っていて、おかしいのだ。

俺は【夜蜻蛉《ナキリベラ》】の待遇に満足しているはずで、満たされた日々を送っているはずなのだ。

……はて、なのに、どうしたことか。

今日の迷宮潜《ラビリンス・ダイブ》に備えてちゃんと休まなかった傍ら、なんだか心が軽くなったような、そんな気がしていたのである。

翼破④

【竜の翼《ドラハンフルーグ》】が第九十七階層の階層主《ボス》を倒したという認定が、正式に為された。

私がそれを報告すると、テーブルがワッと湧いた。

「当たり前だ。時間がかかりすぎなんだよまったく……」

「これでしばらくは安泰ね」

「うん！　あーよかった！」

喜びというよりも安心という方が強いだろう。ここのところ心の底から明るくなれる話題がなくて、かつ皆を暗くしていた心配ごとが解決した。

本当に、ここ最近の空気は重かった。

【夜蜻蛉《ナキリベラ》】と、ヴィム＝シュトラウス。

第九十八階層の階層主《ボス》が倒されてから、この二つの単語を聞かない日はなかった。

フィールブロンはヴィムさんの話題で溢れ返り、そのヴィムさんがもたらした活気で湧くに湧いていた。

階層主《ボス》の早期撃破によって、第九十八階層は安全に一攫千金を狙える金鉱山と化したのだ。

自分から探さなくてもヴィムさんの活躍は聞こえてきてしまう。

曰く、その付与術であらゆる冒険者は一騎当千の戦士と化し、本人の戦闘能力は誰の贔屓目なしにフィールブロン最強であると。

すると当然、話題に関連していろんなことを疑い始める人が出てくる。

ヴィムさんが【竜の翼《ドラハンフルーグ》】を追放されたという事実は周知だったから、私たちに関して黒い噂が付きまとうようになった。

まだ第九十七階層の階層主《ボス》討伐の認定がされていないこと、そして【竜の翼《ドラハンフルーグ》】がここ最近下り調子なこと、すべてが符合するように見えてしまうのだろう。

実のところ私も、邪推を始めてしまっていた。

クロノスさんもニクラさんもメーリスさんも、一流の冒険者ではある。

しかし階層主《ボス》を撃破するに値するAランクパーティーほどの実力はない。

それはもう断言していい。しばらくこのパーティーにいてわかったことだ。

つまり、そういうことなんだろう。

程度はわからないけど、階層主《ボス》を倒すことに関しては大きくヴィムさんの力に依存していたのだ。少なくとも【竜の翼《ドラハンフルーグ》】全体で倒したと言いきれないくらいには。

「これが討伐報酬の小切手です。五十万メルクあります」

テーブルに小切手を置くと、三人は集まってそれを覗き込んだ。

「おお、凄いな」

「ゼロがいっぱいだよぉ！」

「……ほんとね」

好奇心丸出しのクロノスさんとメーリスさん。そして冷静を装いながらも目の輝きを隠せないニクラさん。

「あの、クロノスさん、小切手を現金に換えるにはリーダーの魔力紋が必要なのですが……」

「ああ、やっておいてくれ！　右の引き出しの、えっと、鍵はこれだ」

「……はい」

クロノスさんはこうして、重要書類や証拠能力を持つ物品を平気で私に預けてくれる。信用してくれていると思えば嬉しくなくもないけど、新参者にこれとなると心配にもなる。まあ私もやりやすいから文句は言わないが、他の人にもこうだとなるとゾッとする。

「……よし」

そしてクロノスさんは、決意を新たにした。

「これで名実ともに俺たちはAランクパーティーになった」

唾を呑んだ。

やはり、やめる気はないようだ。

「あの、クロノスさん」

「どうした、ソフィーア」

せめて私くらいは抵抗しないといけないと、余計な使命感に駆られた。

「余裕もできたことですし、第九十八階層に先に潜りませんか？　今なら少なくとも黒字は確約できます」

言った。

クロノスさんは形の良い口を手で隠しながら私を見ていた。

正直、少し怖い。

「……ダメだ。俺たちは第九十九階層の攻略に乗り出す」

しかし、抵抗空しく聞き入れてはもらえない。

もうクロノスさんの目は据わっていた。

ニクラさんとメーリスさんの方を見る。

二人も同じだった。もう三人の中では共通の意識ができていて、何かに追われるように焦っていた。

「俺たちはAランクパーティーだ。最前線にいなきゃいけない。だから、むしろこれはチャンスなんだ！　みんなが目先の欲に囚われてもたついてる間に俺たちは誰よりも先に行く！　これが【竜の翼《ドラハンフルーグ》】さ！」


そうだ、こうならなきゃおかしい。

ここまでは大丈夫だ、予定通りだ。

俺たちは踏破祭《デイヒブライナヘン》で称賛されるに値するAランクパーティー。事実に称号がついてきただけ。

どいつもこいつもヴィムだとか【夜蜻蛉《ナキリベラ》】だとかうるさい。そんなものは偶然だ。

あいつは大規模なパーティーで戦力に恵まれているからたまたまそういうことができただけ。

あいつにできることは俺たちにもできなきゃおかしい。

すでに人は集めてある。

今はみんな仮のメンバーの状態だけど、正式にAランクパーティーになったとなれば間違いなく入ってくれる。そうしたら屋敷を買って、【夜蜻蛉《ナキリベラ》】なんぞに負けない最大のパーティーを作り上げてみせる。

お前らはずっとそこにいろ。

先に第九十九階層の階層主《ボス》を倒すのは、俺たちだ。


結局クロノスさんを止められなかった自分を呪った。

さすがにクロノスさんも何か考えているだろう、とか、私は【竜の翼《ドラハンフルーグ》】の中では新参者だから、とか言い訳をして、問い詰めるべき場所で踏み込むことができなかった。

最前線まで辿り着くことは、あるいは第九十九階層の攻略そのものより大変なことだ。

さらに今回は大所帯だったことが足を引っ張った。クロノスさんが集めた数十人は全員女性で、それなりに経験のある一流の冒険者も混じってはいるが、全体としてはそこまで水準は高くない。前から危惧していたことが現実になってしまった。クロノスさんは大人数で攻略に挑むに際して、然るべき準備を軽視していた。

一番の問題は転送陣の情報の不足だ。迷宮潜《ラビリンス・ダイブ》において階層間の移動はすべて転送陣で行われるので、効率の良い攻略には経路短縮《ショートカット》に繋がる転送陣の把握が必須とされる。

人数が増えて移動が困難になったら、それはなおさらのこと。

【夜蜻蛉《ナキリベラ》】のような大型のパーティーは転送陣も道もすべて網羅し整備しているらしく、一部を秘匿して迷宮潜《ラビリンス・ダイブ》を有利に進めているなんて話も聞くが、【竜の翼《ドラハンフルーグ》】にそのような優位性《アドバンテージ》はない。だから依然最も有名で、効率の良くない経路で第九十八階層まで行き、それから転送陣まで向かわねばならないことになる。

となれば、情報を持たざる者が突破しなければならない難所に、大人数で、しかも連携のノウハウも計画もないまま直面することになってしまう。

たとえば第六十五階層の岩が転がり続ける急斜面、第八十七階層の水棲モンスターに溢れた川、それから第九十階層の灼熱の洞穴。

第九十九階層の攻略についてしか考えていなかったクロノスさんは当てにならなかったから、参加してくれた他の経験のある冒険者さんと私で相談してなんとか進んでいくことにならざるを得なかった。

多少は手こずったが、なんとか最前線まで来られた。

あいつは毎度毎度耐熱がどうの迂回経路がどうの言ってうるさかったが、やはり必要なかったんだ。

俺たちなら心一つで最前線に来られる。それを証明できた。

脱落者は……半分くらいか。

まあついてこられなかった子は鍛えてもらって次にまた挑戦してもらえればいい。

怪我なんかをしていたら治療費を出してあげてもいいだろう。懐の深いリーダーとはそうあるべきだ。

第九十九階層。

情報はギルドの先遣隊が持ち帰った基本的なものしかない。

つまり、ここから先は俺たちが初めて足を踏み入れるということだ。

「帰ってきたぞ……！　ここが最前線！」

いい。

未知なる階層をこれから踏破していくこの高揚感！　最前線はこうでなきゃいけない。

目に映るのは果てがないような森と、いっぱいに広がった夜空。

いつもの通路とか洞窟みたいな感じじゃなくて、地上と同じように広い空間にそのまま森がある感じ。

端は見えないし、目をつぶって連れてこられたら迷宮《ラビリンス》とはわからないかもしれない。

湿度も温度も相当高い。鎧を着ているのが嫌になるくらいだ。

みんなもすっかり参っている。ここはリーダーの俺が鼓舞しなければ。

「みんな！」

パン、と手を鳴らす。

「ここからが本番だ！　必要なのは信頼関係！　お互い声出して、しっかり連携していこう！」

よし。

すると、ソフィーアが手を挙げた。

「あの、クロノスさん」

「お、何かな？」

「みなさん疲労していますし、少し休息を取りませんか？」

「うーん、そうかな？　……みんな！　疲れてる⁉」

周りを見渡す。

誰も頷いていない。

「ソフィーアは心配しすぎだって」

「クロノスさんは体力がありますから……こういう場合は言い出しにくいと思いますし」

ふむ。

ソフィーアは言うときははっきり言ってくれるからやりやすいけど、心配性なのが目立つな。

会計とかいろんな手続きも任せているし、慎重なのは悪いことじゃないけど……

「大丈夫だ。そういうのは連携でカバーしよう！　いざとなれば俺がみんなを守るよ！」

「ちょっと待ってくんな、旦那」

ソフィーアの隣にいた女戦士が、手を挙げた。

確か名前はレベッカだったと思う。背も高くてスタイルもいい姉御肌って感じの女の子だ。

近接要員として俺と一緒に剣で戦ってくれそうだから採用した。

「どうした？　レベッカ」

「その連携、ってのはどうするんだい？　最前線なんだしいい加減伝達魔術を使わないと。戦闘を避けてここまで来た、ってのにこの体たらくじゃ」

「うちではそういうのはやってないな。互いに声をかけあってやってきたし」

「……は？」

ん？

伝達魔術なんぞなくていいだろう。今までそれでうまくやってきたし。

「あの、レベッカさん、うちはもともと少人数のパーティーなので、話すくらいで事足りてまして」

「いや知らないよそんなこと。今は大所帯じゃないか」

ソフィーアが補足してくれるけど、レベッカは納得いかない様子だった。

どうにも雰囲気が良くないな。

聞いたところ最前線で階層主《ボス》とやりあったことのある経験があるのは俺たちしかいないみたいだし、ついてきているだけじゃ不安になることも仕方ないかもしれないが。

「なあ旦那、こっから先に行く算段は立ってるのかい？　未知なのはわかってるけど、さすがにもうちょっとしっかりしてもらわないと」

レベッカは不満そうな顔を向けてくる。

「報酬が不満か？　十分払ってると思うけど、それなら」

「報酬の話じゃないよ。作戦の話だ」

ああ、作戦ね。

「作戦なら大丈夫さ！　とびっきりのを考えてきてある！」

そうだな、俺としたことが勿体ぶってしまった。

昨晩、ちゃんとギルドの情報からどう進んでいくかを考えていたのだ。

みんなを驚かせたくて隠してしまったから、そりゃあじれったくもなる。

「この森を焼き払うのさ！」

大胆、というのも憚られるようなクロノスさんの指示は、まるでなんの疑問もないかのように実行に移されてしまった。

「じゃあメーリス、やってくれ」

「うん！　『定義《ディフィニション》、我が承認せし《ディ・グニーミコン》理《アクシオン》において、双線は永久に《ディ・ドッペリーニ・イーヴィ》――』」

メーリスさんは自分の背丈ほどの杖を構えて、詠唱を開始する。

彼女の魔術師としての才能がフィールブロン有数だというのは誰もが認めるところだ。

特筆すべきはその強大な魔力。

練り込みが甘くて効率が悪かったり、象徴詠唱が苦手なのでその場での対応が苦手だったりという弱点は目立つけど、十分に時間を与えられさえすれば出力自体はかなり大きい。

後ろから風が吹いてくる。酸素が一点に集まっているようだ。

「『火炎砲射《フレメンシエーヴェン》』」

キィンと空気が高く震える音が、すべての雑音を収束させ、刹那の空白を生んだ。

次の瞬間、炎の柱が横向きに立った。

その柱はどんどん太くなっていき、先に行くにつれて放射状にもなっていく。

第九十九階層に来てから感じていた蒸し暑さが吹き飛ぶくらいの轟音と熱気。体を縮めないと飛ばされそうだ。

「……ふう。もうすっからかんだよぉ」

炎が静まると、メーリスさんは一仕事終えたという様子で一息ついた。額に汗がびっしりだ。

「よくやってくれたメーリス！」

「えへへ、大分ズレちゃったけど」

「問題ないさ。これで安全に進める。見通しも良くなった」

圧巻の景色だった。

メーリスさんの前方の森が大きく抉れており、そのさらに先まで残り火が燻《くすぶ》っている。

「みんな！　これが狙いだ！　メーリスを見本にして、どんどん森を焼き払いながら進んでいこう！」

私たち四人以外のメンバーも呆気にとられていた。

これほどの魔術はなかなか見られるものじゃない。

なるほど、これがクロノスさんの狙いか。

突然大魔術を見せることで他のメンバーを圧倒して、一気にペースを掴もうとしてるんだ。とても強引だけど、成功はしているようだった。

「いいかい、獣は火が苦手だろう？　それはモンスターも一緒さ。密閉されている空間では炎は使えないけど、この階層は違う。森は燃やせるし、空があるんだったら酸素も無限だ！」

クロノスさんは剣を片手に歩きながら、得意げに説明する。

作戦は単純明快。魔術師は前方と横方向に絶えず炎の魔術を撃ち続け、剣士は燃え残った邪魔な木々を斬ったり避けたりする。

そうしていけば確かに、見晴らしの良い状況で進むことができた。

実際、彼の言う通り、モンスターも襲ってくる様子はない。こちらの炎を恐れているのかはわからないけど。

しかし安全かと言われればそうじゃない。

森を焼き払ったといっても地面より上だけの話で、ここの木々はなかなか根深く生育していたらしく地面には蠢く根が残っている。

その根はときおり意思を持って私たちの脚を絡めとろうとしてきて、それがまた集中力を削いでくる。

「ほいっ！」

クロノスさんが私の足元の根を斬った。

「危なかったね、ソフィーア」

「あ……、ありがとうございます」

警戒を続けながら、周りを見渡す。

繰り返し火をつけているだけあって、若干炎は燃え広がっているように見えた。

けど、思ったほどは燃え移っていない。

ここの木々は地上ではあまり見ない種類の、広い葉を持つものが多い。形や高さも様々で、森全体として持っている水分が多いようにも見える。

一応、今のところはクロノスさんの思惑通り、なのかな。

でもこの瞬間うまくいっているからいいというわけではない。

同時に罪悪感というか、禁忌を冒している感触がどうしても体を縛る。

遠くからモンスターの声が木霊しているような音もする。

迷宮《ラビリンス》を攻略するためとはいえ、このやり方は問題点が多すぎて何から注意すればいいのかわからない。

まず煙。

拓けた分の視界は良いけど、まだ燃えている部分はまったく見えなくなっている。

囲まれたら気付けないだろう。

そして煙を吸わないようにし続けなければならないし、その注意も具体的対策なしにどこまで効果があるかわからない。

さらに温度。

ただでさえ暑かった場所で周りに火を放ったとなればもう立っていることすらままならない。

持ってきている水も限られるし、この激しい運動は長く継続できないだろう。

そして何より――

「悪いねソフィーアちゃん。私は降りるよ」

隣のレベッカさんが言った。

「旦那にすまないって言っといてくれ。報酬はいらない」

「あの、それは……」

「こうも目立っちゃ何に襲われるかわかったもんじゃないよ。旦那はあれかね、本気で獣と魔力を持ったモンスターが一緒だと思ってんのかね」

反論できなかった。

事実として火を怖がるモンスターは多い。獣の本能と通ずる部分もある。

だけど強力なモンスターほど知能も耐性も高くなっていくことも事実なのだ。彼らは場合によっては火をまったく恐れない。となればこの行為は雑魚《ざこ》を遠ざけて安心しているだけに過ぎない。

逆に、強いモンスターだけを呼び寄せる行為にもなりかねないわけで。

「ほら、聞こえた」

レベッカさんに言われて私も耳をそばだてる。

確かに、遠吠えのような声が聞こえる気がする。

「じゃあね。あんたはまともみたいだし、早くこんなパーティーからは身を引いた方がいいよ」

そう言って彼女は、後方の転送陣へ走っていってしまった。

……私も、注意しなければならない。

まだ【竜の翼《ドラハンフルーグ》】を抜けるわけにはいかないけど、それも命があってのことだ。

索敵の仕方を変えたり違う方を向いてみたりしながら、煙のむこうを探る。

下を向いて煙を吸わないようにしながら、どんな音も聞き逃さないように耳を澄ませる。

そのとき、左方向で声が上がった。

「モンスターです！」

皆の意識がそちらへ向いた。

燃える木の隙間から見えた。あれは、猿だ。

普通の男性より大きいくらい？

体毛の色は火が反射してわかりにくいけど、多分黒。そして鋭い爪と歯。腕がかなり長くて、二本足で立ちつつも両手は地面につくくらいだ。

すると後ろからも高い声が上がった。

いや、これは悲鳴だ。

そちらを向く。

しかしモンスターの姿は見えない。

私たちの周りにも煙が回り始めていた。

その悲鳴が合図かのように、四方から皆の声が上がり始めた。

それは悲鳴だったり、報告だったり、どちらにせよもはや状況判断に意味がある類のものではなかった。

瞬く間に混乱に陥った。

私たちは視界の悪い中で互いを探しあって、できる限り一塊《ひとかたまり》になろうとした。

「クロノス！　どうする!?」

「落ち着けみんな！　俺がみんなを守る！」

誰もが自然とクロノスさんの方に集まって、指示を仰いだ。

この状況ではそれしかなかった。

「メーリス！　ニクラ！　いるか！」

「うん」

「大丈夫！」

「ソフィーア！　いったい何人いる⁉」

「九人です！　あとは……わかりません」

「くそっ！」

集めた人数は半分未満に減っていた。今ここにいない人がどうなっているかはわからない。

死角がないよう輪になって、武器を固く握って構えることしかできなかった。

煙のむこうの動きを見逃さないよう、注視する。

耳は四方から猿の鳴き声らしきものを拾っている。

もう囲まれていた。

もはや問題はどこから攻撃が来るか、そして生き残れるか。

緊張の糸が切れそうなほど張り詰める。

今か今かと待つ。来ない一瞬一瞬にホッとしながらも、次の一瞬には飛びかかられているかもしれない恐怖に耐える。

そうして感覚を研ぎ澄ませていると、空気が変わるのがわかった。

前方。クロノスさんの正面。そこだけが空いている。

私たちを囲っているであろう猿たちが、遠慮している。

煙の間から角が生えた大きな人型が見えた。

他の猿よりも二回りほど大きい。

しかし鈍重な感じはせず、人を何人でも抱えられそうな長い腕が俊敏に動く姿が想像できた。

あまりに異質な空気。

初めてでもわかる。

これが、階層主《ボス》だ。

誰も動けなかった。死が間近に迫っているのがわかった。

「かかってこいよ！　俺の本当の力、見せてやる！」

クロノスさんを除いては。

「ちょうどよかった！　いずれお前は俺が倒すことになっていたんだ！　ほら、来いよ！　ビビってんのか⁉　ほら！」

握られた魔剣が風を纏う。

練られた空気が、煙によって派手に可視化されていた。魔剣を中心に小さな竜巻が生まれ、今まさに階層主《ボス》を迎え撃たんと力を溜めていた。

こんな状況でもクロノスさんの威勢は変わらなかった。

私はそれで我に返れた。

「逃げ――」

叫ぼうとした。

しかし次の一瞬。

階層主《ボス》はたった一歩で、ほとんど瞬間移動したんじゃないかというくらいの速さで、いつの間にか目の前に立っていた。

「……ギ？」

首を傾げていた。

不思議そうだった。

私たちをじっくり観察しているようでもあった。

心なしかゆっくりに、鮮明に顔が見えた。

剥きだしで不揃いの歯。長い腕の先にはナイフみたいな爪。

その目は獰猛に輝いていて、全身に血がぐるぐる回っているのがここからでもわかるくらい赤い。

本能が理解した。

勝てない。

そもそも戦うとかそういう次元じゃない。

羽虫が人間を殺せないように、私たちは階層主《ボス》に勝てない。

これと同等の存在が、今まで倒されてきたということが信じられなかった。

「うわああああああああ！」

クロノスさんは叫びながら剣を振りかぶった。

だけど、階層主《ボス》の方が圧倒的に速かった。

粗雑に、道の小石を蹴るように、クロノスさんは袈裟に薙ぎ払われて、焼けた森を転がっていった。


目が覚めた。

体を起こしてまず目に入ったのは、見知らぬ男の曲がった背中だった。

俺が動いたのに気付くと、そいつはゆっくりとこちらを向いた。縁起の悪そうな顔が見えた。

「おはようございます。クロノス殿」

誰だ？

「急かすようで申し訳ございませんが、ご自身の状況は把握していらっしゃるでしょうか」

寝起きでそう聞かれて、まずものを考えるのに時間がかかった。

ゆっくりと記憶を辿ってみれば、ちゃんと覚えている。

俺はさっきまで階層主《ボス》と対峙していた。

「ここは病院、なのか？」

「はい。我々がお運びしました。しかしながらさすがクロノス殿。あれほどの重傷でありながら回復なさるとは。冒険者としての素質の大きさがわかります」

そうだ。俺は手痛い一撃を食らった。

「残念ながら左耳と、首から腹にかけての傷はどうしようもございません。五体満足でいられただけでも幸運なのです」

そして負けたのだ。不意打ちだった。

顔の左側を触る。

乾いた包帯の固い感触がした。

その包帯の下がどうなっているか、手では何もわからない。けれど肌が感じる手の感触が変だった。痛みの中に猛烈な痒みと熱が混じっていた。

顔の感触をきっかけに、全身の疼きに気付いた。自覚するほど鈍い痛みが沸き上がってくる。

一気に現実に引き戻された。

「みんなはどうなった⁉」

あのあとどうなったんだ？

みんなが逃げる時間くらいは稼げたと信じたいが……

「最前線に辿り着いた二十五名ということであれば、重傷者がクロノス殿を含め八名です」

「ちょっと待て、残りは？」

「五名が行方不明です。誓って打てる手は尽くしましたが……七名は、この病院にて死亡を確認しております」

「嘘だっ！」

そんな馬鹿な。

死者が出ただと？　この俺の、迷宮潜《ラビリンス・ダイブ》で？

そんなことはあってはならない。

「そうだ、ニクラとメーリス、ソフィーアは？　三人はどうなってる⁉」

「ご安心を。お三方は軽傷はあれど健在でいらっしゃいます。ソフィーア殿の聡明さに救われましたな。古典的とはいえ、あの状況で死んだふりができるのもなかなかの胆力でありましょう」

「そう、か」

あいつらは生きてる、か。

それは不幸中の幸いか。

だが、しかし。

負けた。

その言葉が重くのしかかる。

俺の目の前に立つ男は縁起の悪い顔をピクリとも動かさずにこちらを見つめていて、それがまた腹立たしい。

まるで俺に事実を受け入れろと促しているようだった。

「……クソがっ！」

「ああ！　お手の骨も折れているのです。ご自愛を」

このままで終われるか。

俺は今すぐ成果を出さなきゃいけない。

この街全体に俺という存在を知らしめないといけない。

認められない。認めたら、俺は。

あいつの顔が、頭に浮かびかけた。

「違う！」

そんなこと考えるな。認めるか。

そうじゃないと、俺は。

「邪魔だ。俺はパーティーハウスに戻る。次の迷宮潜《ラビリンス・ダイブ》の準備をする」

「お言葉ですがクロノス殿。それはなかなか難しゅうございますぞ」

「ああ？」

そういえば、いったいなんなんだこの男は。

医者か？　そんな風貌でもないが。

「此度の迷宮潜《ラビリンス・ダイブ》のお話は市井《しせい》にも広がってございます。準備にも芳しい状況ではないでしょう。加えて申し上げますと、【竜の翼《ドラハンフルーグ》】というパーティー自体にもそこまでの余力はございますまい」

顔が熱くなった。

こいつ、俺と仲間を馬鹿にしやがった。

「何者だお前！」

「失敬失敬。私、ゲレオンと申します。以後お見知りおきを。ひひひひひ」

「そんなことは聞いてない！　お前はいったいなんなんだ⁉」

「ああ！　そんなにお熱くなられますな。言葉が足りなかったことをお詫びします。何もクロノス殿に落ち度があったり不足があったという意味ではございませぬ。此度は本当に不運が重なりました。その不運により被害が出たというだけのことです」

「馬鹿にしてるのか⁉」

「事実ですとも。あなたはお強い。不運は真っ先に最前線に降り立った者の宿命でございます。被害は出たもののあなたは十二分に成果を挙げられた。第九十九階層の開拓を進めたということを否定できるものはおりますまい」

男の芝居がかった口調に毒気を抜かれた。

こちらが怒り散らす馬鹿らしさが頭を過って、声を荒らげるのだけはやめようと思った。体力の無駄だ。

息を吐いた。

「で、なんの用だ？」

「クロノス殿がその勇気ゆえに窮地に立たされていらっしゃるのは見ていて忍びない、というお話でございます。ご協力差し上げたく」

「……何が狙いだ」

「そう疑われますな。我々は【竜の翼《ドラハンフルーグ》】を、引いてはクロノス殿を高く評価させていただいております。何よりその才気は階層主《ボス》と初めて遭遇したお人にもかかわらず生還なされたことから自明でありましょう」

　ゲレオンと名乗った男は、朗々とそう説明した。

「当然だ。まるで俺が自分の力を疑っているかのようなことを言わないでくれ」

「しかし才に溢れたお方であっても、環境や情報の差によってはその力をうまく活かせないときもございます。今回はその典型でありました。……あるいはその逆、才にも器にも欠けているのに、偶然その力を発揮してしまう場合も、覚えはありませんかな？」

　男は俺の目をまっすぐに射貫いて言った。

　全部知っているぞ、と暗に言われた気分だった。

　俺が感じている不満とそこに至るまでの道のりを、事前に共有されているような。

「……続けろ」

「はい。我々は、そのような不公平を埋め合わせる手段を――」


　最悪だった。

【竜の翼《ドラハンフルーグ》】が人数を集めて最前線に挑み、そして死者すら出す大失態を犯したことはすでにフィールブロン中に広がっていた。

クロノスさんが退院してパーティーハウスまで帰るときですら、気が付いた街の人たちに石を投げられた。

何もかもが不味かった。

ヴィムさんの活躍の裏で膨れ上がる第九十七階層の階層主《ボス》撃破の黒い噂、それに半ば証拠となるような事件が起きた。

加えて今回の迷宮潜《ラビリンス・ダイブ》でリタイアした人は何もついてこられなかった人だけじゃなくて、【竜の翼】《ドラハンフルーグ》の進行の杜撰さに嫌気がさした人も多かったのだ。

その人たちが街で口々に言いたいことを話せば、噂にはいくらでも尾ひれがつく。

比較的軽傷だった私たちの生活にも支障が出ていた。

夜中以外はほとんどパーティーハウスから出ることもできない。

まだフィールブロンの中でも治安の良い立地だったからよかったものの、もしも場所が違えば火をつけられていたかもしれない。そう考えるとゾッとした。

それくらい、フィールブロンの人々にとって迷宮潜《ラビリンス・ダイブ》は重要なものだった。

人々は冒険者の進退を憂い、楽しみ、称賛し、躊躇することなくお金を出す。

ましてや階層主《ボス》の討伐が絡むとなれば、熱を上げる人が増えるのも当たり前だった。

帰ってきたクロノスさんにどんな声をかけていいかわからなかった。

みんなで出迎えたけど、誰も何も言えなかった。

何にも汚れていなかった綺麗な顔には大きな傷跡があった。跡が見えている部分はそれでもまだ治っている方で、特に損傷が酷かった顔の左半分にはまだ固く包帯が巻かれている。

あんなに自信に溢れていた眼が死人のように濁っていた。

本当にこの人があのクロノスさんなのかと、疑ってしまうくらいだった。

「なあ、みんな」

玄関の扉を閉じるなり、彼は私たちを見回して言った。

「もう一度、俺に任せてくれ。今度は絶対に成功する」

私は今考えたことを取り消した。

クロノスさんの目の光は濁りはすれど、消えてはいなかった。

妖しく、もう何も怖くないとばかりに爛々と輝いていた。

第四話　黄昏の梟

第九十八階層の開拓も大詰めだ。

俺たち【夜蜻蛉《ナキリベラ》】は階層最後の迷宮潜《ラビリンス・ダイブ》に臨んでいた。

最長一週間を見越した、深奥へと至るための迷宮潜《ラビリンス・ダイブ》である。大規模調査とはいかないまでも、相当の準備をする必要があった。

しかし、いざ潜ってみれば、想定よりもそんなに時間はかからなかった。

カミラさんの完璧な進行計画、そして僭越ながら俺の走力付与によって、俺たちは三日とかからず深奥と思わしき場所の入り口に辿り着いた。

「行くぞ」

カミラさんが言った。

そこは地面に斜めに空いた大きな洞穴のようだった。

今まで歩いてきた道はその穴に合流するように下っていて、入ってみれば天井でさっきまであった〝空〟が見えなくなり、ここより上の階層の雰囲気にも近いように思われた。

警戒を維持しながら、どんどん下っていく。

「……これは、さらに地下に行っている、のか？」

「ん？　どうした、ヴィムさん」

隣にいたマルクさんが俺の声に反応した。

しまった、いつの間にか独り言を言っていたようだ。

「いえ、階層の地面ってどこまで掘れるんだろうって考えてまして」

リタさんが唱えていた大陸仮説が頭を過っていた。

あれが本当なら、普通に地下を掘っても何かの境界に行き着くことはないわけだ。つまり、鉱脈なんかがあるならここで大規模な掘削をしたって構わないわけで。

「はは！　面白いことを言うな、ヴィムさんは！　迷宮《ラビリンス》のことは考えたってわからねえ！」

マルクさんは快活に笑う。

「……それも、そうですね！　変なこと言いました！」

「変ってこたぁないが……」

そうだよな、普通はこんなこと考えないものか。

下っていくほど、うっすらとあった外の明かりも届かなくなってくる。道自体は広いのに閉塞感は増していく一方。

もともと深く恐ろしい迷宮《ラビリンス》という場所から、いよいよ何か底知れない深淵に向かっているように感じる。

先まで行っていたカミラさんが、手でみんなを制した。

「ここまで来て、止まれ」

カミラさんの言う通り少し進むと、外の明かりとは違う淡い光が目に入り始め、そして、大きな空間が見えた。

それは巨大な半球《ドーム》だった。

光を発しているのは壁に埋め込まれた数多の鉱石だった。あまりにもキラキラしているので、どれも宝石の一種なんじゃないかと思った。

壁の割れた隙間から清水が流れ出し、滝壺のように半球《ドーム》の底に溜まっていた。

鉱石が宝石なら、清水は硝子といったところだろうか。この半球《ドーム》自体がまるで一つの芸術品のように飾り立てられていた。

「危ないぞ」

言われて気付く。

歩いてきた道は突如切り立った崖になっていて、押されれば滝壺に落下してしまう。

どうやらこの通路は半球《ドーム》に突き刺さっているような格好らしい。

よく見てみれば隅の方には陸地があって、そこには何やら二つの陣のようなものが描かれているように見えた。

「あれは……転送陣だな。二つあるということは、片方は第九十九階層、もう片方は別の階層に繋がっているか」

カミラさんが呟く。

となると、ここが深奥で間違いなさそうだ。

ここは別名〝宝物庫〟と呼ばれる場所。

階層主《ボス》を倒したあとに扉が開かれると言われる、迷宮《ラビリンス》の秘境だ。

そこには迷宮《ラビリンス》屈指の財宝がちりばめられており、見つけた者はおとぎ話の主人公もかくやと言わんばかりの億万長者になるとされている。俺も見るのは初めてだ。

周りを見れば、みんなそわそわしていた。

まるで何かを待っていて、なのに焦らされているようだった。

「諸君！　我々は宝物庫に辿り着いた！」

カミラさんが振り返って、言った。

おおー！　と声が次々に上がる。みんなが待っていたのはこれか。

歓声が歓声を呼ぶ、どんどん盛り上がっていく。

俺も何か言わなきゃ置いていかれる気がして、なんとなく右腕を掲げてみた。

「お、おー！　おおおー！」

おお、なんだか高揚している気がする。

しかしいまいち最高潮まで乗りきれずに目を泳がせていると、列の後ろの方でぴょんぴょん跳ねている人が見えた。

後衛部隊の人であの小さいのは、きっとハイデマリーだ。

「ええい邪魔だ！　どけろ！」

男たちが盛り上がる中、彼女は一生懸命に人を押しのけて前に来ようとしていた。

もうちょっとで最前列まで来れそうというところ、俺は彼女に向かって手を伸ばす。

「ハイデマリー！」

手が掴まれた。すかさず引っ張る。

すぽん、と抜けて、ハイデマリーはこの景色の前に躍り出た。

「ありがと、ヴィム」

どういたしましてと言おうとする。

だけど、俺の方を一瞥するなり前を向いて無言になった彼女を見て、そうやって話しかけることは野暮になると思った。

その目は子供みたいに輝いていた。

珍しいと思いかけて、それは違うと思い出す。そうだ、長らく見ていなかったけど、彼女はもともとこういう人なのだ。

みんなも意外そうな目を向けている。微笑ましさも半分。

いつもすかしている人が感情をむき出しにしているというのは、見ていて快いものがあった。

「しかしこれは、どうやって転送陣にまで向かったものかな」

ハンスさんが呟いた。

うん、それが問題だ。

ここから下の転送陣までなかなかの高さがある。水の透明度が高いせいで水面までの距離も測りにくい。

どうしようか、やはり先に数名が縄を使って降りて、滑車を使う形が無難か？

「行くぜ。きっと上下左右、絶景さ」

そんなことを考えていると、ハイデマリーが言った。

何、と返そうとした瞬間。

俺は手を引っ張られて、空中にいた。

「は？」

内臓が浮く。

視点が急に動く。

「見な！　ヴィム！」

ハイデマリーが両手を広げた先。

それは一瞬の絶景。

視界いっぱいのむき出しの鉱石が、彩られた星々のように輝いていた。その光が半球《ドーム》の天井で乱反射して、清水の影を網状に映し出している。

ほんの数秒、だけど確かに、見惚れた。

「がほっ！」

当然、水に落ちた。

思ったよりも深さがあって、沈んだ。息を吸えていなかったからすぐに苦しくなって、急いで

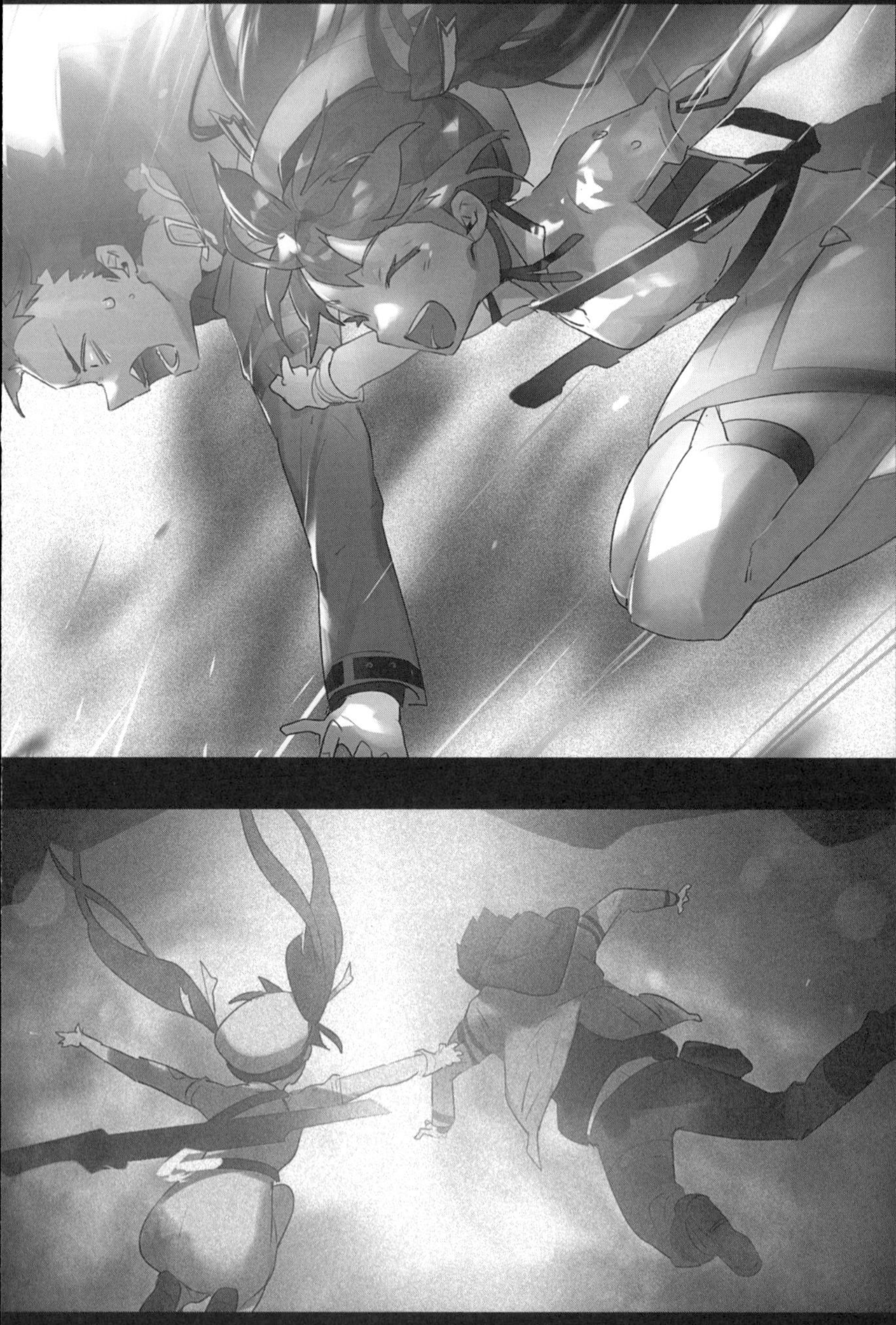

水面に浮上する。

ハイデマリーは先に浮き上がっていた。体勢を立て直そうともがく俺を見て笑って、言った。

「やっぱり。綺麗だったでしょ」

「……うん」

振り返る。

みんなも俺たち二人を追って、次々と滝壺に飛び込んでいた。

「ひゃっほーい！　宝物庫だ！　ほら見てヴィム！　あの光沢はアダマントじゃないかい⁉」

さっきの絶景で何かの栓が抜けたのか、ハイデマリーはぴょんぴょん跳ねながら大はしゃぎしていた。

「こんなハイデマリー、久しぶりに見たかも」

そう漏らすと、彼女はちょっと恥ずかしそうな顔をした。

「なんだい藪から棒に。そりゃ、まあね。今の瞬間、私の夢が叶ってるじゃないか」

「夢？」

「わからないのかいヴィム？　私たちは今、一緒に冒険しているんだぜ？」

ああ、そうか。

そんな話をしたことがある。忘れていたわけではないけれど、どこか遠くに置いてきてしまったような、そんな記憶になっていた。

俺は勝手に、お互い大人になってしまったものだと思っていたらしい。

昔の彼女はそうだった。そしてそこから、変わってなどいなかったのだ。俺をフィールブロンまで導いてくれたのは他の誰でもない。この目の前の、冒険少女だった。


二つの転送陣の古文字を解読したところ、やはり第九十九階層への転送陣と、もう片方は第二十七階層へ繋がる転送陣であるということがわかった。

つまり、第九十九階層への大幅な経路短縮《ショートカット》ができるということになる。

この事実はあるいは、宝物庫の財宝よりも大きな意味を持つかもしれなかった。

「団長、やはりここは」

「ああ。秘匿した方が良いだろうな」

軽く会議を始めた幹部のみんなを後目に、俺は第九十九階層への転送陣に向き合っていた。

この先に、目の前に、第九十九階層がある。

唾を呑んだ。

先のことは考えず、この階層に集中しようと思っていた。

それが俺の仕事だった。今も変わらない。

今回の目的はあくまで第九十八階層の踏破だ。私情を挟んではならない。

「ヴィム少年」

そんなことを考えていると、カミラさんが俺に声をかけた。

右手が差し出されていた。

「こんなに早く、ここまで来られた。すべて君の力だ。改めて礼を言う」

「いえ、そん……」

つい反射で否定から入ろうとした。

だけど止まれた。

ずっと暗に言われていた。

みんなが俺を評価してくれているのにそれを否定するのは失礼に当たると。格式あるパーティー、引いては社会の一員にはそのような意識が求められると。

そんな俺の逡巡を知ってか知らずか、カミラさんは俺の言葉を待ってくれていた。

大丈夫だ。今の俺ならできる。

「ありがとうございます。これからも貢献できるよう、全力を尽くす所存です」

「頼んだよ、君はもううちのエースなんだ」

差し出された手を握ると、がっしりと握手を返される。

自分を卑下せずに向き合ってみれば、肩にかかった期待と重圧が自覚された。

それはむず痒い嬉しさの裏返しだった。この立場であるならば当然の責任であり、それを背負うことは、他の誰でもない俺自身が望んでいることに違いなかった。

【夜蜻蛉《ナキリベラ》】こそが俺の居場所だ。

この景色と、この気持ちを大事にしなければならない。

俺は相応しい人間にならなきゃいけない。

真人間になって、みんなが評価してくれた俺を誇れるようにならなきゃいけない。

俺は、ちゃんとしなきゃいけないんだ。

だからさ。

『સ્વાગત છે હું તને મળ્યો』

こんな声、聞こえてちゃいけないんだって。

◇

宝物庫に辿り着いて、実質的に我々の第九十八階層の攻略は終了した。ヴィム少年が入団してから、ようやく一区切りというところまできたのである。

成果から見れば彼の運用は成功しているという手応えがある。本人にも自身が【夜蜻蛉《ナキリベラ》】の中核であるという意識が芽生えつつあるようだ。

執務室のドアがコンコンと鳴らされた。

入ってきたのはヴィム少年だった。

「どうした?」

「すみません、その……二日ほど、休暇をいただきたくて」

彼がこの類のことを願い出るのは初めてで、驚いてしまった。

タイミング自体は自然だ。第九十八階層の攻略が完了し、第九十九階層の攻略は全パーティーが揃って足踏みしている状況だから、私用で休めるのは今しかない。他にも休暇を取得した団員はいる。

「まったく構わないが……何をするか聞いてもいいかね？」

「はい、その、ギルドの調査隊の調査に同行しないかと誘われまして」

「調査隊？」

「はい。その、たまたま知り合いまして」

彼はおずおずと開封済みの一枚の手紙を差し出した。

確認する。

きちんと冒険者ギルドの魔力紋が押されている。正式な書類で間違いない。

「問題ない」

「ありがとうございます！」

「時期もちょうど今しかないしな。休暇の取得は団員の権利だ。これからも遠慮するな」

「はい！」

彼はほっとした顔をして、一礼して執務室を小走りに出ていった。

保護者のような目線だが、彼のような主張の強くない少年が休みを申し出てくれるというのは、感慨深いものがあった。

彼はあまり人間関係の構築が得意ではないと思っていたので、まったく別の組織の人間と交流があるとなるとかなり意外だ。特に調査隊は閉鎖的な組織だったはずなので、知り合った上で調査へ同行するまで漕ぎつけるとなると、なかなかの対人能力が必要なのではなかろうか。

いやはや、人を勝手に判断するものではないな。

【夜蜻蛉《ナキリベラ》】以外でも人間関係を作っているということは喜ばしい。人間関係は栄養素だ。刺激があって、偏りがないことが精神と肉体の安定に繋がる。

これはかえって彼が屋敷での暮らしに馴染んできてくれている証拠のように思われて、安心するくらいだった。

＊

冒険者ギルドの裏口に来た。

いや、来てしまった。

状況は多少落ち着いたとはいえ、本来なら今はまだ次の迷宮潜《ラビリンス・ダイブ》に向けて休むか準備をせねばならない時期だ。あまり趣味で時間を圧迫するようなことは避けた方がいいはずなのだ。

なのに、心が弾んでいる。

今日を楽しみにしていた自分がいるのである。

「シュトラウス氏、お待ちしておりましたぞ」

迎えてくれたのはゲレオンさんだった。

前回と同じく階段を下っていけば、講堂にはきちんと迷宮《ラビリンス》に潜る格好をした調査隊の人たちが集まっていた。

訂正。半分くらいはきちんとした格好をしているけど、ちょくちょく白衣のままという信じられないくらいの軽装の人も混じっている。

「やあやあ！　来てくれたんだね！」

リタさんは前見たときと一緒の格好だった。

なるほど、いつでも迷宮潜《ラビリンス・ダイブ》を行えるようにしているわけか。さすがは迷宮狂《ラビリンス・フリーク》の編集長だ。

「えー、全員揃っているね！　それじゃあ行こうか！」

彼女が黒板のそばの扉を元気よく開けると、見慣れたふうの陣が見えた。

転送陣である。

「ここは冒険者ギルドの地下、すなわち迷宮《ラビリンス》第一階層さ！　これは調査隊専用の転送陣！」

第一階層に別の転送陣があったのかと驚いていると、ゲレオンさんに肩を叩かれた。

「シュトラウス氏、本当に申し訳ないのですが、これをお願いできますかな？」

彼が手に握っていたのは目隠しだった。

「本当に申し訳なく存じます。我々は他パーティーに情報を漏らさない契約で、秘匿された転送陣の情報を提供してもらっているのです。今回の調査はその転送陣を使うので、まだ契約外の貴殿には要所で目隠しをしていただきたく……」

あ、やっぱり、そういうことがあるのか。

冒険者ギルドの内部組織だもんな。情報管理は公正、公平にしないといけないだろう。

「もちろん、大丈夫です」

特に抵抗することもなく、目隠しを受け取った。


目的地までの道程は新鮮だった。

だいたいは知っている景色だからそこに新鮮さはないのだが、調査隊の人たちの仕草が冒険者のそれとはまるで違ったのである。

通常の迷宮潜《ラビリンス・ダイブ》はしっかりと隊列を組み、安全を期して行う。進行に遅れは許されない。

しかし調査隊は全然違った。リタさんを先頭に隊列を組んでいたのはほんの短い間で、しばらくすれば隊列と思えていたものは、もうほとんどなくなっていた。

まず全員が冊子やら手帳やらを片手に書き物をしながら歩いており、そのせいでまっすぐ歩けていないし進行も遅い。

そして何やら迷宮《ラビリンス》の壁に向かってしゃがみこんだり這いつくばったりして舐めるように見回していたり、中には上に向かって笛を吹いている人なんてのもいる。

てんでバラバラと言っていいくらいだ。

しかも大抵はずっと黙り込んでいるか、聞こえないくらいにブツブツ呟き続けている。あ、奇声が上がった。見れば頭をガリガリ掻いている。

……なんか、親近感が湧くな。

「あ、あの、リタさん、これは……」

「ん？　何かあった⁉」

「い、いえ、あまり順調そうな進行には見えなかったので……」

「あー、大丈夫だよ。定期的に集めるから、私が目的地に着くまでに集合できればいいし」

「な、なるほど」

「それにみんな結構戦えるしね！　あ、でも本当にまずいときはシュトラウス氏の力を借りたいな！」

「い、いいえ、僕でいいのなら、いくらでも」

「ははは！　そのときは報酬を出すよ！　よろしくね！」

ギルドの調査隊なのだから、普通の冒険者パーティーとは毛色が違うのは当たり前だけど、ここまで違うとなると面白かった。


今回の目的地は迷宮《ラビリンス》攻略の最前線、第九十九階層である。

要所で目隠しを挟んでいるので時間の感覚が掴みにくかったが、着いてみればそんなに時間がかかっていなくて驚いた。

だけど、この階層に来てから進行はさらに遅くなって、なるほどこれは日を多く計算せねばならないなと納得する。

というか、俺自身もその進行を遅らせる原因になっていた。

だって、俺もこの階層は初めてなのである。

見渡す限りの密林《ジャングル》が広がっていた。温度も湿度も相当高い。魔力を帯びた昆虫がそこかしこに飛び交っている。

そして、この階層にも第九十八階層と同じく〝空〟がある。好奇心を刺激されないわけがない。

リタさんも楽しそうにゆっくり歩いていた。隊員たちに階層を見せるかのようだった。

「新しい階層となれば我々は大はしゃぎさ！　見るべきものが多すぎて時間が足りやしない！」

「わ、わかります。ぼ、僕も結構、目移りしてます」

「だね！　期待通りだよ！」

学者肌、ということでもあるのかな。

隊員たちの独り言はよりいっそう加速して、もうどこに向かっているのかわからなくなってしまった。


目的地に近づくと、それとすぐにわかった。

拓けていたからだ。木が伐採されて平らな広場が作られており、周りにはモンスターの侵入を防ぐための柵がある。実験のための前準備が入念にされていたことがわかった。

たくさんの計器が置かれている。そして何より、中央に鎮座する巨大な骨組みが目を惹いた。

気球である。

今回の調査の目的は〝空〟の検証。

リタさんたちが唱える大陸仮説の最も簡単な証明方法は、その階層から脱出して、階層の外側にも世界があると実証することである。

だけど、それは今までの実験で不可能だと結論付けられていた。壁や地面を掘っても外には出られなかったらしい。〝空〟についても同様で、第九十八階層では気球を〝空〟に打ち上げたけど、膜のような結界に阻まれたとのことだった。

そして今回もその第九十八階層と同じく〝空〟に気球を打ち上げて結界の存在を確かめる。あわよくば結界について詳細に記録し、なんとか原理に接近できないか解析にかけるようだ。

迷宮《ラビリンス》の最前線で行われる、世紀の大実験である。

さっきまでバラバラだった隊員たちも、今は己の役割に徹していた。それでも独り言とペンの音は止まっていないけど。

いや、それがかえって、一体感を醸し出しているような気がした。全員が全員俯いて集中しているのに、同じ方向を向いているのがわかる。

見守らせてもらうだけでしかない俺にも、肌が痛くなるくらいの緊張感が伝わってきていた。


「気圧〇《マル》・八四」

リタさんは片耳に手を当てて、粛々と記録を取っていた。

「酸素濃度の低下が速い！　もっとくべて！」

「零時に補正二！」

他の調査隊員も慌ただしく相互に連絡を取り合い、計器とにらめっこし、ブツブツと呟きながら記録を取っている。

上空の気球は勢いよく上昇して、すでに豆粒くらいの小さな点になっていた。

「よし、減速」

リタさんの指示に合わせて、気球はちゃんと減速した。

その通信技術の高さに感心する。

あれで無人だなんて信じられない。まるで中に人がいるみたいに細かく炎が調整され、安定した軌道を保っている。

「さあさあ諸君！　その瞬間が来るぞ！」

リタさんが堂に入った呼びかけをして、場の空気が一気に引き締まった。

すべての調査隊員が、手を止めて気球の方を見た。

俺もそれに従う。

気球はゆっくりと、本当にゆっくりと、俺たちを焦らすみたいに上昇していく。

そしてリタさんが〝その瞬間〟と言っていたものが、わかった。

〝空〟は、たわんだ。

気球の上部が当たった箇所から波打ったように光が屈折して、定常波として揺れ続けていた。

「急いで記録！」

気球はこれ以上上昇する様子がない。〝空〟を覆う透明な布に遮《さえぎ》られているようだった。

これは、弾き返されている？

「出力上げて！」

指示に合わせて気球の炎は目に見えて強くなる。だけど上昇はしない。たわみがどんどん大きくなる。

「出力、これ以上上がらないんだっけ⁉」

「はい！」

「よし！　じゃあ三〇《マル》後に爆破！」

爆破？

「見ておけシュトラウス氏！　あれが迷宮《ラビリンス》の枠組みだ！」

〝空〟のたわみはどんどん大きくなる。伝え聞く極光《オーロラ》とはこうなのではないかと思うくらい、超自然的な景色が顕現する。

そして気球は、爆発した。

衝撃が遅れてやってきた。相当上空で爆発したはずなのに、踏ん張らないといけないくらいの風圧だった。

「全員伏せるな！　刮目しろ！」

リタさんが興奮しきって叫ぶ。

一瞬見えた、わずかな隙間。

〝空〟は破れていた。

気球がたわませた布が裂け、一瞬だけその奥の奥に、別の色の空が見えていた。

驚くべきは次の挙動である。

裂け目を埋めるように青い光の糸が出現し、空に幾何学模様が結ばれた。その模様は幾重にも重なって、瞬く間に、慌てて隠すように、裂け目を埋めてしまった。

残ったのはさっきと変わらぬ〝空〟だった。

「録画は⁉　記録は⁉」

夢中になって上を見ていたリタさんが計器の前の調査隊員に尋ねる。

「……撮れました！」

その言葉を聞いて、全員が立ち上がった。さっきまで立っていた人ももう一段立ち上がるみたいに跳んだ。

「よーーーーーし！」

リタさんが両手を広げて叫んだのを音頭に、大きな歓声が上がる。

ブツブツ呟いて自分の作業しかしていなかった団員たちが、我を忘れて抱き合ったり称え合ったり。

この日のための準備がしのばれるくらいの盛り上がり方だった。感涙の涙とは縁がなかった俺でも、思わず目の端から熱いものが零れてしまいそうになった。

興奮冷めやらぬ中、調査隊は帰路についた。

そして面白いのが、あの実験の成功を目にした隊員たちがやることが、談笑でも褒め合いでもなく、行きよりもいっそう激しい独り言と何かしらの走り書きだということだ。

実験後の景色も含めて、俺は圧倒されていた。

この世界には、こんな集団もいるのかと。

「あー……シュトラウス氏、非常に言いにくいのだけど、また、結構な時間目隠しをしてもらうことになるんだが、大丈夫かね」

俺が興奮している様子を見て申し訳ないと思ってくれたのか、リタさんは神妙に言った。

「思ったよりいいデータが取れたから、予定を変更して第七十二階層の拠点に向かってすぐに解析を始めようと思うんだ。そのためにまた、融通してもらった転送陣を踏まなきゃいけない」

「も、もちろんです！」

あんなにすごい実験を見せてもらって、何を威張れることがあろうか。

むしろ自分から進んでやるくらいの勢いで、目隠しをした。


拠点に到着した。

拠点、というよりは基地と呼んでいいくらい立派な、迷宮《ラビリンス》の壁を掘りぬいた建物だった。自然の壁に合わせて作られており、全容が把握できないくらい大きい。

第七十二階層の地図《マップ》は公開されている範囲ではすべて頭に入れているはずだが、こんな場所もこんな建物も知らなかった。

冒険者ギルドってこんなに大規模な施設を持っていたのか。

「さてシュトラウス氏、お疲れだろうし、そもそも君はお客様だから明日の出発まで客室に泊まってもらうわけだけど」

「はい。すみません、あんなに凄いものを見せてもらったのに、寝床まで」

「いやいや、それじゃつまらないよねって」

「……え？」

「今から会議室で調査隊員全員で分析会をするんだ。血が滾って仕方のないやつらばかり。おちおち寝てもいられない」

リタさんは悪戯っぽい顔をしていた。

「もちろん、参加するでしょ？」

俺は一も二もなく、頷いた。


リタさんに連れられて拠点の廊下を歩きながら、俺の脳裏にはさっきの実験と、一心不乱に計器に向かい合う調査隊員たちの姿が映し出されていた。

どうやら俺は、彼らの姿を見ることに、ある種の嬉しさのようなものを感じていたのである。

そこには激しい共感があった。

もしかすると、それは一方的な仲間意識かもしれなくて。

あの人たちはどんなふうに話すんだろうと、わくわくして、会議室に入った。

「てめえ！　ふざけんじゃねえですぞ！」

「ああん⁉　象徴詠唱で近似かけたって言えばなんでも誤魔化せると思ってんのか⁉　展開からやり直せカス！」

……まあ、前回からして想像はついてたけど。

資料は散乱し、ところどころで掴み合いが起き、そうでない人たちは騒ぎを無視して壁やら地面やらに計算式を書きなぐったり、隅に顔を埋めてブツブツ呟いていた。

「はっはっは！　みんなやってるね！」

これは、侃々諤々《かんかんがくがく》というにも激しすぎる。

リタさんの様子を見るに、異常事態ではないらしい。

彼女は抱えていた封筒から紙の束を取り出し、すでに大量の紙が貼られている黒板にさらに上からバン、バン、と叩きながら貼っていく。

「これはさっきの裂け目の写真！　抽出できたのは七枚！」

さっきまでバラバラだった調査隊員たちがぞろぞろと集まってくる。

「二番と三番には明白に転送陣の術式と同じ模様が見られる！　さあ意見を寄越せ！」

彼女が勢いよく言うと、それに答えて次々に手が挙がる。

「件の複製魔術じゃないですか？　治癒と類似の」

「そんなわけあるか！　転送陣だろ⁉　『拒否《アブリーヌン》』じゃないのか⁉」

俺では概要くらいしか理解できない魔術理論の空中戦が始まった。

流血騒ぎ一歩前の混沌とした議論は、大きく二つの仮説に分かれて対立し、よりいっそう過激になっていった。

「だから！　それでは修復の説明がつかない！」

「張り直してるって言ってんでしょうが！」

「魔力線は連続している！　再生した結界は完全に同一としか言えん！」

「おんなじものを張り直してんの！」

対立の大筋は、結界を形成する魔道具は、神官の治癒魔術と魔術師の攻撃魔術のどちらを用いているか、ということだった。

攻撃魔術であるなら、たとえば『炎膜《ラウ・ファアン》』のような障壁《バリア》を発生させ続けていることになる。治癒魔術であるなら、人体を治すのと同じような原理で、出来合いの結界を何度も再生し続けていることになるわけだ。

「ふんふん。今のところ、ケヴィンよりヴァネサの方に分があるように思うけどね」

「異議があります！　彼女は依然、障壁《バリア》の発生源という問題を回避していません！」

「そうだね！　ほらほらヴァネサ！　反論して！」

リタさんは中立で議論の司会をするふりをして対立を煽っていた。

対立の先方にいるのは前回の発表で最初に見た二人の男女だ。

男性が神官出身のケヴィンさんで、女性が魔術師出身のヴァネサさんというらしい。

「学院落ちのヴァネサさんにはわかりませんかねぇ⁉」

「中退したカスが口利いてんじゃないよ！」

……個人的な喧嘩にも見えるけど。

ちなみに第三勢力も結構いる。議論には参加せずに黙々と部屋の隅か床でブツブツ言いながら何か書いている集団である。

俺はどことなくそちら側に流れて二つの派閥の舌戦を観ていた。

めちゃくちゃな罵声の飛ばしあいかと思いきや、しっかりと議論は進んでいた。互いの粗を探しながら、あっという間に仮説は高度化していく。

最初こそちょっとくらいは質問したいなと画策したけれど、すぐに諦めた。

「どうだ、シュトラウス殿」

必死に議論を追おうと集中していたところ、横から話しかけられた。

「えっと、すみません、その」

「ペートルスだ。前回は雨虎《アメフラシ》の発表で世話になった」

ああ、あの人か。

「あっ、えっ、その、すみません。あっ、前回の発表、良かったです」

「発表のことはいい。どうだ、今の議論の内容はわかるか？」

「あっ……いえ、概要くらいしか」

「概要がわかるのか？」

「いえ、本当に、みなさんわかりやすく喋ってくださるので。へへへ」

「さすがだ」

ペートルスさんの表情は読めなかった。

さすがと言われても、褒めてくれているのか、言っただけなのか。

「君の意見が聞きたいがね。付与術師なら、魔術師寄りにも神官寄りにもならないだろう」

「あ、いやー、その……あんまり理解はできていないので」

「印象だけでいい。言ってくれ」

まどろっこしいやり取りなく、彼はトントンと詰めてきた。

正直に言っていいのだろうか。

ペートルスさんの顔を見た。

言わないことの方が、失礼な気がした。

「あんまりしっくり、来てないです……」

「なるほど。私もだ。そもそも二分している時点でセンスの欠片もない」

同意されてしまった。

「あ、でも、本当に面白いです。みなさん仮説段階であんなに高度な組み立てができるなんて。僕にはとてもとても」

ちょっと調査隊を批判する格好になってしまったので、補足してみる。

実際、物凄い見応えだ。こんなに高度で先進的な議論は、きっと学院でも見られないんじゃないかってくらいだった。

「……君がそう言うか。冒険心《アーベンテイア》が濁っているな」

しかし、ペートルスさんは声を低くした。

「途方もない頂に梯子をかけんとする様子は、いつだってとびきり滑稽《こっけい》で理解が不可能なものだ。そこにあるのは理性でも論理でもない。信仰に近い、無根拠な自我だ」

無表情な目が俺を捉えていた。

「それができるから、階層主《ボス》を倒したんじゃないのか」

彼はそう結んだ。

俺は、急にそんなことを言われてもよくわからないと、そう思おうとした。

でも、この口ぶりに、調査隊の根源のようなものを感じた。

俺が惹かれた迷宮狂《ラビリンス・フリーク》という雑誌の本質、入院していたときに読んだ序文の香りを思い出したのである。

「あいつらも、だから衝突しているわけだ」

言い合いをしている二人に目が向けられた。

「ははは……喧嘩するほど仲がいいとも」

「いや、悪い。たまたま未遂に終わっているだけだ」

……なんの未遂だ。

さておき、本当に仲が悪いなら、余計に驚かなきゃいけなかった。

あんなに激しく対立しながら、彼らは同じ調査隊にいるのである。あまつさえその対立が、何かを生み出す議論に繋がっている。

こんな人間関係は、俺の常識の埒外だった。

「……その、尊敬、します。二人とも」

「はぁ？　それはやめた方がいい。ケヴィンもヴァネサもただの阿呆だ」

しかしペートルスさんは呆れた顔で返した。

えぇ……てっきり持ち上げているのかと思ったのに。

俺が梯子を外されたのと同時に、会議室がちょっと静かになった。

彼の声は低くてよく通るのである。それが今、舌戦を繰り広げている二人の耳に届いてしまった。

自分の名前が出て、それに単純な罵倒が続いたことを耳にした二人は、向き合わせていた顔をペートルスさんの方に向けた。

この白熱した場においては、それはもはや開戦の合図だった。


しばらくして議論が落ち着いた。

解明に向かったというよりも、出尽くして止まってしまった。仮説はいくつか立っているものの、どうにも芯は食えていないようだった。

隊員たちはリタさんの方を見ていた。どうも、この会議はそういう恒例の流れがあるらしい。

「実はね、諸君、数値の解析結果が出ているんだよ」

彼女は懐から紙束を取り出した。

隊員たちがおおー、と歓声を上げようとしたのも束の間、彼女はそれを否定するかのように、床に束を放り投げた。

「最悪。前回とまったく同じ。〝空〟の原理は階層ごとにまったく変わりはない。それどころか我々の計測の精度が証明されてしまった形だ。だけど、この正しさがここでは本当に役に立たない」

ここに来てリタさんは初めて、暗い表情をした。

何か打開策になる意見が出ないかと、努めてこの事実を隠していたようだった。

「誤差ゆえに傾向が取れないと思ってた。しかし誤差がないのに傾向が取れないなら、それは解析不可能も同然。魔術公理を疑うしかない」

会議室をため息が埋め尽くした。

「実験は成功……とは言えないね、これでは。また仮説から組み直そう。諸君、お疲れだった」

ぱち、ぱち、とまばらな諦めの拍手が鳴った。

隊員たちは書き散らしていた紙を回収して、中にはなにも片付けずスタスタと会議室を出ようとする者も出てきた。

え？　終わるの？

「あの！　リタさん！」

そう思ったとき、俺は反射的に、リタさんに呼びかけていた。

「……？　何かな、シュトラウス氏」

急に立ち上がって言った弾みで大きな声が出て、視線を集めてしまった。

何か言いたいことがあったわけでは、ない。

でも、さみしかった。そう、さみしかったのである。もっと話を続けたかった。

あんなにすごい実験が失敗なはずがない。

俺にも話せることはある。魔術師と神官の見解があるのなら、付与術師の見解があったっていいはずだ。

「あ、あのー、今日の感想というか、その、レポート、を……」

さすがに素人の身で堂々とは言えないので、前まで歩いていって、リタさんに書いたメモを渡すことにしたのだけども。

「ああ、拝見しよう」

集まった視線が散って、ほっとしてしまった。

メモに記したのは、あの結界を付与術で再現したら、という仮定の計算である。なんらかの手段で大気の一定の範囲に強化《バフ》をかけて性質を変化させることができたのなら、結界と似たような現象は起こせるかもしれなかった。

「……うーん？」

リタさんは紙を持っていない方の手を顎に置いた。

「ちょっとわからない、かも。結果が合わなくない？　内積を取るの避けてるし」

しまった。深く考えずにいつもの我流の式を使ったから、他人が読んでわかるような書き方ができていない。

「あ。あの、その」

「……ん？　いや、これ、規則が違うのか」

そのはずだったのに、彼女は一瞬で違和感の正体を看破した。

驚いた。やはりこの人は只者ではない。

「付与術特有の計算ってこと？　解説をお願いできる？」

話している間に、会議室を出ようとしていた隊員たちが立ち止まって、こちらを振り向き始めている。結局注目を集めてしまっていた。

「あの写真の結界の紋様って、直線……ということで計算してますよね」

「え？　ああ、そうだね」

「でも写真ではわずかに……曲がっているように見え、ます」

「うん。それは気球が結界を押し上げている物理的な事象だと解釈しているけど……」

「あの、問題は公理矛盾、なんですよね」

「そうとも言い換えられるけど……それは言葉の綾みたいなものであって」

「その、僕の付与術って、魔術公理を一部変えているんですけど」

リタさんは眉間に皺を寄せた。さっきまでの溌剌とした表情というよりは、真剣な顔で俺を窺がっていた。

「今、魔術公理を変えたと言ったね？」

「は、はい」

「それは新しい体系ということだ。組んだの？」

「あのっ、そんな、大層なものでは……」

「基礎方程式みたいなものはある？」

「え、いえ、そこまでは。今のところは個別の詠唱だけで」

ここに来て心拍数が上がり始めた。今の俺は玄人集団の中でたった一人、突飛な妄想を口にしている。やらかしているに相違ない。

けど、リタさんが俺を見つめる目に怪訝なものはなかった。純粋に好奇心を宿した視線で俺の言葉を待っていた。

「……ごめん、遮った。それが関係あるんだよね？　続けて」

「えっと、それはまだ、わからないんですけど、思いつきなので」

「いいから」

「は、はい！　付与術に適した公理系は『定義《ディフィニション》、我が承認せし理《ディ・グニーミコンアクシオン》において、双線は永久に《ディ・ドッペリーニ・イーヴィ》、何処かで交わる《ヴァリユーラ》』と僕は結論付けていまして……その、魔力双線が平行であり続けることはない、と仮定しているわけです」

リタさんは顎に置いていた手を開いて、口元を覆った。

「あの写真の線は多分、魔力線ですが……実は直線じゃなくて、緩やかな曲線――たとえば球状の座標系だとしたら、計算が変わってくるかも、しれないわけで」

言い終わって、会議室がしん、となった。

みんながみんなを牽制し合うような、変な空気感だった。

「……ちょっと書いてみる」

その均衡を破った声があった。

リタさんである。

彼女は黒板に貼られた紙を乱雑に剥がして床に捨て、右手でチョークを握った。

その姿を見慣れない感じがして気付いた。

あれだけみんなが書き物をしているのに、リタさんがペンを握った姿を見たことは一度もなかったのである。

彼女はカンカンカンと音を鳴らしながら、粗い文字で式を書いていく。瞬く間に五行の式が出来上がった。

「君が言っているのはこれで、合ってる？」

指された式を見て、驚いた。

これは魔術公理を変更した際の、前腕の強化《バフ》の術式だ。

文字の置き方が違うけど、多分、形は一緒のはず。

「あ、はい、えっと、そうです」

「だよね」

リタさんの手が加速する。

そして今度は、一気に複雑になった二十行くらいの数式ができた。

「……これは？　おそらく恒常性《ホメオスタシス》に関わるんだけど」

次もまた聞かれるかもしれないと思って、書かれる式を追っていた。最初の数行の意味はギリギリわかった。俺が走力付与でやっているような、恒常的な強化《バフ》に使うコードだと思う。

けど、ダメだ。式変形が追えなくなってしまった。

「最初の十行くらいまでは……そのあとは、すみません。わかりません」

「いや、大丈夫、最初が合っているならいいよ」

そこから先は淡々と式が組み上げられていく。紙が貼られていた場所が侵略されて、黒板は全部リタさんの領土になった。

「……そうか」

彼女は停止して、チョークを持つ手を下げた。

「そうだそうだそうだそうだ！」

それから、急に頭を掻きむしり始めた。

「えっと、えっと、双線定理？　違うな。そうか、これが定義のふりをしてたのか」

さっきよりも力強く、カン、カン、カカン、と黒板の文字の上に文字が書かれていく。

「紙が足りないよ紙が！　早く持ってこい！　ああ！　もう！　値を拾い集めて！」

　リーダーシップを発揮していたリタさんの姿はそこにはなかった。

　隊員たちは目の色を変えていた。彼女の指示に従って資料を探し、計算用紙を渡して、少しでもこの時間を邪魔しないように心がけて見守っていた。

「シュトラウス氏！　鋳型では、えっと、教本のやつ！　前腕の強化《バフ》でいい！　『相交わらない《ヴァリユーラニヒト》』のトートロジーはいくつあった⁉」

「あ、えっと？」

「早く！」

「は、はい！　二つ、です。第五平行定理と、内値の和の定理です」

「ありがと！」

　彼女はカンカンカンカンと文字を書いていく。文字の大きさもバラバラで、ときどき変な空白と空行ができて、突然隣の壁に二段飛躍した式が誕生する。

　待つこと、何時間か。

「辿り……着いた」

　リタさんの手が、止まった。

　黒板には鎖みたいに入り組んだ文字と図形が並んでいた。乱雑に見えて、覚えがある形だった。

　その図形は、転送陣に浮かぶ柄に近いように見えた。

「シュトラウス氏、意味、わかる？」

　俺は首を横に振った。

「潜在魔力の基礎方程式なんだけど、えーっと、これじゃ、わかりにくいか」

リタさんは式の一部に線を引き、その部分の式変形を始めた。

絡み合っていた記号と図形がまとめて文字に置き換えられて、簡便な形に括り直される。注目すべき式の形というものが徐々に浮き出てきた。

変形が終わった。彼女は導いた項の右下をチョークでカン、と叩いた。

「これは受け身の形をしている。旧来の魔術式に準じたら過去形と言ってもいいね、どちらにせよ意味は一緒だ。読み方は『何処《ヴァリューラ》かで交わる空間において、任意の魔術化された系は――」

そこまで説明されれば、俺にもわかるものがあった。

括り出された項の右肩には、マイナス一という数字が乗っている。

この表記の解釈を知っていた。それは俺が付与術で使っている象徴詠唱の、仕上げの一言が表すことと同じだったから。

「――付与されている《エンチャンテッド》』」

唾を呑んだ。

「我々は根本的に解釈を間違えていた。迷宮《ラビリンス》の物品は魔術によって能動的に動いていたわけじゃない。物品それ自体は内部に機構を持っていなかったんだ。あれらはすべて、外部から魔術的処置を受けて、受動的に動かされていた」

リタさんはカツ、カツ、カツ、と黒板の前を歩く。それから俺たちの方を向いて、にやっと笑った。

「つまり迷宮《ラビリンス》は、付与されて動いていた」

そう結ばれて、ようやく理解の一歩目を踏み出せた。

圧倒されて止まっていたみんなの手も動き始める。

「新たなパラダイムを歓迎しよう。今私が導出した式はひな形だ。計算は合うけど意味は曖昧だし、まだまだ整理が足りない。習熟は今から。存分に解析し、訓練するといい」

パン、と、一から仕切り直すように、掌が打たれた。

「幸いにも、応用例は豊富みたいだしね」

リタさんが明るく言うと、ギラついた視線が俺に集まった。

「いえっ、あのっ、未熟な！　未熟な理論ですので！」

「口出ししたんだから全部吐いてもらうよ！　仮説段階でもだ！」

そこから先は怒涛である。根掘り葉掘りどころか土まで抜き取られそうな勢いだった。

いくら早口で喋っても追いつかない。一つ一つ、全部が詰められるように確かめられる。

途中からはもう、叫んでいたような気がする。


思考の体力というものがある。

複雑なことを考え続ける力。

何よりそれが一番足りていなかった。俺は喋れることを喋り尽くしたら、怒号の中一人で机の上にぐったりと倒れこんでいた。

「どうだい、シュトラウス氏」

「疲れました」

「革命的な一夜だよ。君を招待して、本当によかった」

「そ、そう、ですかね……？　もう魔術式がこんがらがって高度になりすぎて、僕ではよくわからないくらいで」

「それは経験の差だからね！　君なら少し訓練を積めばすぐ理解できるさ！」

本当だろうか。

横目で見る限り、俺がちょっと口走った魔術式は瞬く間に解読され変形され、新しい理論の雛型が組みあがっていた。

すごいなぁ、研究者っていうのは。

「どう？　多少は、楽しくなくも、なかったんじゃない、かな？」

初めてリタさんから、入り組んだ意図がある言葉をもらったような気がした。

入り組んだといっても素朴である。

そうか、彼女は俺にこれを体験させたかったのか。

「……はい」

だから俺も、素朴に答えた。

「それはよかった」

ぐったりと机に倒れ込む。

こんなに激しく喋ったのは人生で初めてだった。

それも、喋り方を気にせずに、好き放題だ。気にしている暇なんてなかった。

そしてそれを気にする人も、いないようだった。


「リーダー！」

感慨に耽《ふけ》っていると、研究員ではなさそうな、言ってしまえばこの場では場違いのような人が一人やってきた。

「……何かな？　今、大事な話をしてるんだけど」

「すみません。お耳に入れた方がいいことが」

何かを耳打ちされたリタさんが、顔を伏せた。

「早すぎない？」

「……しかし」

「わかった。すぐ戻って。あと、もう来ないで」

「承知しました」

努めて顔を見せないようにしているようで妙な感じを覚えた。

だけどこっちを向いて見えた顔は、さっきと変わらなかった。

「見せたいものがあるから、来てくれる？」

「あ、はい。その……どこへ？」

「ちょっと急ぎでね。別の部屋に行くよ」

彼女はそう言って俺の手を引いた。

何事かと思ったけど、特に反対する理由もなかったので立ち上がる。むしろ見せたいもの、と言われると興味が湧いた。

すっかり白熱しきって暴力も飛び交っている会議室を抜けていく。

いや……激しくなりすぎでは？

「さすがにこれは……止めなくていいんですか？」

「じこせきにーん！」

「刃物まで見えましたけど……」

「いいのいいの！　真の冒険心《アーベンティア》は道徳律では縛れない！」

ここまで来ると快いを超えて、なんというか。


リタさんが俺を連れてきたのは、拠点の奥まった方向に延びる長い長い廊下だった。

あまりにも長かった。等間隔に灯りを引けないくらいの距離で、彼女は手にたいまつを持って俺を案内していた。

徐々に温度が下がってきていた、熱に浮かされた肌が冷やされる。雰囲気も変わり始めて、おどろおどろしい感じにもなってきた。

そうして着いたのが、大きな扉の前。

「あの……リタさん、ここは？」

「開ければわかるよ」

促されて、扉を押し開ける。

そこから先にあったのは部屋ではなくて、大きな穴だった。

自然に空いた洞窟ではない。炭鉱のような、人為的に掘削してできた大穴だ。

「実験場さ！　実はこの拠点の要はここなの！」

リタさんはそう言って、俺の脇を抜けて、たったった、と中に入っていった。

俺もそれに続いた。

古びた継ぎ接ぎの足場が組まれていた。その下に大量の瓦礫《がれき》や、運び出されるための土嚢《どのう》が積まれていた。

「あ！　ラウラ！　ちゃんといるね！」

リタさんは穴の奥に向かって声をかけた。

すると声が響いた方向から、少女がひょこっと顔を出した。

「こんにちは。ラウラと申します。先生の助手をしています。よろしくお願いします」

可愛らしい、小さな少女だった。

何より目立つのが、耳。

獣の耳だ。

亜人種《アウスレンダー》か？

「自己紹介にあった通り、こちらはラウラ。私の頼れる助手さ」

助手？　この女の子が？

見た目で判断するのは良くないと思いながらも、さすがにこんな崩落がありそうな場所で作業させるには幼すぎるように見えた。

そんな俺の戸惑いを知ってか知らずか、リタさんはおかまいなしに足場をスタスタと歩いて、俺を最奥まで連れていく。

「見えるかい、シュトラウス氏。あそこが一番奥まで掘られている箇所。この大穴を掘った最終目的さ」

指差された方を見る。

確かに、軍隊が通れそうなこの大穴の中でも、その部分は特別深く掘られているように思われた。

「この大穴の目的だけど、それはさっきの〝空〟の実験と同様、迷宮《ラビリンス》の枠組みを試すことにある。君が率いた【竜の翼《ドラハンフルーグ》】が第九十八階層を開く以前も、我々は掘削によって迷宮《ラビリンス》に挑戦していたわけだ」

ここに来て俺は、妙な感じを覚え始めていた。

いや、最初から何もかも妙ではあるのだけど、妙なのはリタさんの口調だった。

あっけらかんとした口調が、朗々とした調子と熱を帯び始めていた。それにしては目にする景色があまりに物質的な炭鉱然とした洞窟で、さっきまで自分が感じていたものが一枚布を隔てられた場所に置いていかれてしまったような気がした。

気がした、ではない。気付いた、という方が正しい。

その気付きをもたらしたのは少女——ラウラという存在だった。

彼女がリタさんを見つめる目が、あまりに無機質だったのである。

「じゃあ、ラウラ、頼むよ」

指示が出て、少女はたん、と地面を蹴り、壁の前に立った。

低く唸る声が聞こえた。

次の瞬間、少女の背中が盛り上がった。

「ガァッ、アッ」

異形に変化した少女は、その大きな爪で壁を思いきり叩いた。

「いいかいシュトラウス氏。〝結界〟に辿り着く直前の岩盤の強度は段違いなんだ。並みの戦士では壊すことができない」

〝結界〟？

壁がガン、ガンと叩かれる。

何かが割れて散った。

それが異形の、少女の爪の欠片だと気付くのに少し。それから血が飛び散っているということに気付くのにも、また少し。

「アッ！　アッ！」

それでも異形は壁を叩くのをやめなかった。

リタさんの方を見る。顔色一つ変えていない。あたかも当然かのようだ。

これはさすがに、変じゃないか？

ちょっと待て。

「シュトラウス氏、見えたよ。ラウラ、よくやった。どきなさい」

異形は少女の形に戻り、粛々と脇に避けた。

血の滴る両手を隠して。

「あの、さすがに、止血を……」

「大丈夫だよ。ラウラは訓練されてる。そんなことより、ほら、見て」

リタさんは俺の頭を掴んで、壁の方を向かせた。

壊された壁のむこうに、淡く青白い光が見えた。

その光は膜を形成していて、図形や、もしかすると文字のような記号が浮かんでは消えを繰り返していた。そうやって見ている間にも、まるで怪我を治すみたいに周りの岩石が集まってきて光を隠すべく壁の修復が始まっている。

「迷宮《ラビリンス》の壁の奥の奥ってこうなってるんだよ！　〝空〟と近いでしょ⁉　でも上空だとさすがに観察しづらいから、やはり壁の方がじっくり観察するには向いていると思うんだよね！」

「それはっ、そうかもしれませんけど」

手を振り払って、俺は少女の方に駆け寄った。

「そのっ……大丈夫？　手は？」

少女はきょとん、とした顔をしていた。

「……え？」

「ラウラなら大丈夫だよ！　ねえ、ラウラ！」

呼びかけられて、少女はこくこくと首を縦に振る。

「そんなことより、君の所見を聞かせてほしいな！　さっき判明した通り、我々は付与術を軽視するあまり、迷宮《ラビリンス》の真理から遠ざかっていたんだ！　これからは付与術の解析が必要不可欠！しかし付与術師は数が少ないし、ましてや君のような頭脳をもっているのは万に一人なんだよ！」

後ろから聞こえる声はいったん保留して、とりあえず手持ちの布で少女の止血を済ませる。

それから改めて、リタさんの方に向き直った。

彼女は不満そうに俺を見ていた。

「わかんないかなー、私は君を勧誘しているんだよ、ヴィム＝シュトラウス氏。君なら我々と一緒に迷宮《ラビリンス》の謎に迫ることができる。もちろんその戦闘力も買っているけど、それ以上に今日でわかったんだよ。君は我々と同じく真の冒険心《アーベンテイア》を――」

勧誘って、サークルに入るだけじゃないのか。

話がどんどん捻じれている。

「ちょっといいですか、リタさん」

「ん？　なんだね。質問ならいくらでも受け付けるよ」

彼女は何もおかしいところなどない、という顔をしていた。俺の混乱に取り合う気がまったくないようで、いっそうの違和感を覚えた。

この人はいったい、何を考えている？

状況そのものを疑えば、リタ＝ハインケスという人間をリーダーに据えるこの組織全体も、奇妙なものに思えてきた。

俺の熱はすっかり冷めてしまっていた。

「その……ここまでの穴を掘るのって相当難しいと思うんですけど、先ほどから、掘削班みたいな人を見かけないというか、その」

「ん？　あー……それね。そりゃもう、掘り終わったからさ！」

「迷宮《ラビリンス》の壁には修復機能があるはずですが」

「……あー、さすがにわかるよね」

修復機能があるのなら、さっきまでここで作業をしていた人がいないのは、おかしい。

それだけじゃない、ここに来てから見かけた人員が不均等だ。

研究員ということになっている調査隊の面々は確かに抜本的で革新的な研究をしているけれど、そのためには大量の人的資源が必要なはずなのだ。それは少数精鋭とかそんな話ではなくて、具体的にたくさんの人数が必要だということ。

なのに、その大量の人的資源がどこにも見当たらない。

「……その、失礼かもしれませんが」

疑いが半ば確信に変わっていた。

「何か、隠していませんか？」

リタさんの目をじっと見た。

彼女はわざとらしく顎に手を置いて、手の力を使って頭を右に左に揺らした。

それからくいっと、頬を吊り上げた。

背筋がぞわっとするような悪寒が走った。

「あー……失敗だったか。かなり急いじゃったからなー。実は思ったより早く反応が来ちゃったから、多少雑でも一番の面白話を提供しようと思ったんだけど」

そしてリタさんは、諦めたように言った。

「迎えだよ、シュトラウス氏」

後方のドアが、何者かによって勢いよく開けられた。

「ヴィム少年！　そいつから離れろ！」

聞き覚えのある、威厳と迫力に溢れた低い声。

暗闇の中でも光る銀の髪と、男性を遥かに上回る巨躯。

その声の主は、カミラさんだった。

呆けている間に、見知った面々が次々と扉を開けて入ってきた。

ハンスさんも、アーベルくんも、ハイデマリーも、みんないる。

「ヴィム少年！　救出に来た！　ここは【黄昏の梟《ミナーヴァ・アカイア》】のアジトだ！」

【黄昏の梟《ミナーヴア・アカイア》】⁉


その言葉を聞いて、リタさんの方を向いた。

彼女は天真爛漫な瞳をそのままに、肩だけ落として、あーあ、と言った。

「改めて自己紹介だね。私はリタ＝ハインケス！　【黄昏の梟《ミナーヴア・アカイア》】のリーダーだよ！」

あっけらかんと、言い放たれた。

◇

ヴィム少年はいまいち事態を理解できていないらしい。

「相も変わらず腐れ外道だな、リタ」

「人聞きが悪いなあ。せめて冒険心の僕《アーベンティア・しもべ》と呼んでほしいかな？」

「奴隷の間違いだろう。いいからヴィム少年を解放しろ」

「しっかし、まさかここが見つかるとは思わなかったなー」

「はっ！　貴様のような知性もどきにはわからんだろうな！」

戦況を見ながら牽制する。

軽く見れば、リタと、あれは……亜人種《アウスレンダー》の子供か、その二名しかいないように思われる。

しかし油断はできない。あいつにそんな生半可な考えで対峙できると思わない方がいい。

「いいかヴィム少年！　君は騙されている！　冒険者ギルドの調査隊は【黄昏の梟《ミナーヴア・アカイア》】に汚染され

ていたんだ！」

「ちょっとー、その言い草はなくない？」

「黙れ」

リタの首に向かって、大首落としの剣尖を向けた。

「ほらほらラウラ！　私を庇《かば》いなさい！　君にそれ以外何ができるんだい？」

「はい、先生」

あどけない少女が、躊躇いなく私とリタとの間に立った。

忌々しいことに、こいつは私がこの少女のような末端を斬れないことを承知している。

「えっと、カミラ、もう失敗したから別に普通にシュトラウス氏は渡すんだけど、どうやってここを突き止めたか聞いていていいかな？　彼に発信紋を仕掛けていたとしても、階層まで特定できる意味がわからないんだけど」

「馬鹿なことを！　そんな発想がすぐに出てくるあたり、遵法意識に欠けた悪党であることが丸出しだな！」

「えぇ……打倒な推理じゃない？」

「こちらにはハイデマリーがいる！　貴様のような知性もどきではないぞ！」

横目でヴィム少年を確認する。特にリタを警戒していなかったようで、あの様子ではかなりのやり取りをしたと見て間違いない。やはり事態は一刻を争っていたようだった。

やつの洗脳の腕には何度も煮え湯を飲まされてきた。もしもハイデマリーがいなかったらと思うとゾッとする。

「貴様に教えてやりたいものだ！　真の賢き者とはこういうことなのだと！　正しき理性は邪な道に勝るとな！」

それにしても、今回のハイデマリーはお手柄どころではなかった。私としては許可を出してこの調査とやらに送り出してしまっていたから、彼女が血相を変えて駆け込んでこなければ、ヴィム少年を【黄昏の梟】《ミナーヴァ・アカイア》が狙っていることなんて気付きもしなかった。

そこから先はもう見事としか言いようがない。まるで最初から答えを知っていたかのように少ない情報から論理の梯子をかけていく推理力。

まさしく賢き者、第七十四代目賢者の面目躍如と言ったところか。

本当に味方でよかった。

「……こ、こほん！　ははは！　そうだよ⁉　七十四代目賢者を舐めてもらっちゃ困るよ！　リタさんや！」

「んー、まあ、納得はできないけど、賢者ちゃんの手腕なら仕方ないかな。ほら、行っていいよ、シュトラウス氏」

リタがそう言うと、ヴィム少年はあっさりこちらに駆け寄ってきた。

事前の指示通り、合流するなりアーベルを始めとした盾部隊が彼を囲って防御の陣を張る。

そこまでされて彼はようやく、自分が救出されているのだという実感が湧き始めたようだった。

「……目的は果たした。総員、引き返せ」

こんな場所、一秒たりともいたくない。いるべきではない。

この忌々しいアジトの一切合切を無視して、元来た道に足を進める。

ヴィム少年が行方不明になってせいぜい二日。

間に合ったはずだ。彼はすんなり我々の下に戻ってきた。

「じゃーねーシュトラウス氏！　【黄昏の梟《ミナーヴァ・アカイア》】をよろしく！」

リタのあの質が悪いくらい明るい声に振り向いていたのが、少しだけ不安ではあった。

＊

屋敷に帰ると、やたらめったら心配されてしまった。

みんなからすれば俺は【黄昏の梟《ミナーヴァ・アカイア》】の巧妙な勧誘にひっかかって拉致され、洗脳される寸前だったということらしい。

だけど実感は全然違う。苦しいことなんて何もなかったし、むしろあの集まりを楽しみにしていたくらいだったから。

それが洗脳なんだ、と言われれば、そうなんだろうけど。

もちろん、聞いた通りの【黄昏の梟《ミナーヴァ・アカイア》】の醜悪さはきっと間違いない。リタさんのあの亜人種《アウスレンダー》の少女への仕打ちに見えた残酷さの一端は、カミラさんが猛烈に批判して然るべき悪を感じた。

しかし、執務室でカミラさんが念を押すように言ってくれたことに、引っかかりを覚えてしまった。

「いいかヴィム少年、君は【夜蜻蛉《ナキリベラ》】のエースであり、それに値する資質を持っている人間だ」

「えっと、もちろん、それは」

「我々は君を必要としている。いいか、これは絶対的な事実であり、君への信頼の表れだ」

「……はい、ありがとうございます」

「だから、頼むぞ。君は正しい資質を持っている。それを証明してくれ」

何も、何も変なことはないはずなのである。

俺は【夜蜻蛉《ナキリベラ》】の生活を心底望んでいて、みんなも俺を必要としてくれている事実になんら変わりはない。むしろ調査隊――【黄昏の梟《ミナーヴァ・アカイア》】の集まりに参加してしまっていた時間が空けば、休養や訓練の時間が増えることにもなる。

うん。

明日からまた、頑張ろう。

ここ最近は、ちょっとした事故があっただけなのである。

第五話　素晴らしき日々

朝。

自室で装備を固めて、一階の大広間に下りていく。

今日も迷宮潜《ラビリンス・ダイブ》だ。

第九十八階層が完全に攻略されれば次は当然第九十九階層というわけで、ある程度情報が揃えばあっという間にまた繁忙期がやってきた。

【黄昏の梟《ミナーヴァ・アカイア》】の一件もあって心休まるときがないけれど、最前線のパーティーとしてここが踏ん張りどころ。

特に新参者である俺は、みんなよりももう一段と頑張らないといけない。

大広間に入る前に、立ち止まった。

むこう側からがやがや音が聞こえてきて、そこに割り込むような気がして尻込みする。

深呼吸をした。あーいーうーと口を動かして、咳払いをして、大声を出すべく喉を整えた。

堂々としてろ、ヴィム＝シュトラウス。

カミラさんは俺をエースと言ってくれた。なら相応しい態度がある。

「おはようございます！」

少し響いた。

一瞬静かになって、何かおかしかったかと不安になる。

「おう！　おはよう！」

「はざっす」

「うぃーす」

「おはようございます！」

でもみんな口々に挨拶を返してくれて、安心した。

よかった、普通にできたみたいだ。

そのまま空いている箇所に座って、待機する。

出発まではまだ少しあるようだった。早く来すぎたらしい。

今大広間にいるのは前衛部隊の人たちだ。得物や装備が大きいせいで自室では準備が難しい人が、こうして一足早く大広間に来る。

手持ち無沙汰になってしまったので、周りを見回すことにした。

今日の選抜メンバーの名前はしっかり覚えてきたはずだったけど、若干名、名前と顔が一致していない人がいることに気付いた。確認しておかないと。

えっと、あれがカールさんで、ライムントさん、となるとあの人がフリッツさんか。むこうの人は前衛部隊唯一の女性だからマリアンネさんで合ってる。アーベル君もいる。

みんな半分談笑、半分事務的のような感じで和気あいあいと話をしている。

内部に入ってみて感じることだが、【夜蜻蛉《ナキリベラ》】のみんなの目は輝いている。

なんというか、みんなハキハキ喋る。

成功体験に裏付けされた信念を持っているというか、今いるこの場所と仲間を疑っていないような。

そしてどことなく気品が漂っている人が多い。

生まれや育ちが良いのか、言葉遣いも丁寧に感じる。相手を思いやる前提を持っていて、自分がどう見られるのかもちゃんと意識して話している。

冒険者には荒くれものが多いけど、ここの人たちは違う。ありがとう、どういたしましてがたくさん聞こえる。

改めて考えてみれば、場違い感がとてつもない。

でも、俺はここでエースを張らなきゃいけないんだよな。

一人で考えて自信をなくしちゃダメだ。どっしりと構えて、もらった評価と給料分の仕事はしなくては。

冒険者の目線で見ても、やはり第九十九階層は輪をかけて特殊な階層ということになる。

密林《ジャングル》で埋め尽くされているのは言わずもがな、そもそも地形が今までの迷宮《ラビリンス》のそれじゃない。

洞窟のように通路が限定されているんじゃなくて、地上のように広い空間に木が茂っているわけだ。

そしてもちろん、〝空〟の存在も大きい。上空からの敵を警戒せねばならないし、第九十八階層であったような降雨も計算に入れねばならない。

このような階層は【夜蜻蛉《ナキリベラ》】も含め、どのようなパーティーにとっても初めてだった。広間が多かった階層や、植物系のモンスターへの対応を流用して、少しずつ攻略法を確立させていかねばならないだろう。

それに加えて、この階層では少々特殊な、かつ俺としても意外な要素があった。

ここ最近の【竜の翼《ドラハンフルーグ》】の進撃である。

クロノスが無謀な迷宮潜《ラビリンス・ダイブ》を断行したことは記憶に新しい。多くのパーティーが第九十八階層の開拓に躍起になっている間に先んじてこの階層に挑んだものの、死者すら出る大失敗に終わってしまい、フィールブロン中で非難の嵐が巻き起こった。

この話を聞いて、俺は激しく動揺した。

かつて所属していたパーティーが、間接的にとはいえ人命を奪う大失態を犯したのである。それだけでも堪えるものがあるというのに、俺の場合はさらに、クロノスに然るべき糾弾をしなかったという負い目があった。

もしかすると俺の選択次第で、クロノスがあんな無茶をすることにはならなかったんじゃないかと、考えずにはいられなかった。

亡くなった人も冒険者だから、自己責任で最前線への同行に同意したのだし、俺がどうこう言うべき話ではない。そういう理屈はこねたものの、心の底から信じられはしなかった。

だけどそんな俺の葛藤はよそに、ここしばらく聞こえてくる【竜の翼《ドラハンフルーグ》】の成果は芳しくなり始めている。最初の一回は最前線に一番に飛び出たからと言わんばかりの成果の挙げ方だった。

他の噂もあるし、街の人たちの心証はいまだに良くない。だが冒険者の立場からすればその無謀さも冒険心《アーベンテイア》の一つであり、言ってしまえば身銭を切って真っ先に危険を解き明かしてくれたパーティーを糾弾する意味もそこまでない。もう掌を返し始めるパーティーすら出てきていた。

さて、そういうわけで実はこの階層の情報は階層主《ボス》を始めるパーティーすら出てきていた。

要となる問題は今までの階層に比べて死角が多いところだ。

考えてみれば当たり前なのだが、迷路状の階層ではむしろ死角は少ない。曲がり角と分かれ道にさえ気を付けていれば、基本的には死角を取られないで済むのである。

対して密林《ジャングル》ともなれば、少し歩く間にもいくらでも障害物がある。

ゆえに、安易に走力付与で動くのは得策ではない。ある程度間隔を保ち、互いに守りあえる状態でゆっくり進んでいくのが無難だ。

なので俺の役目は情報収集と索敵が主になるはずなのだが――

チラチラと向けられる視線は、違う。

みんなが俺に期待しているのはそれじゃない。配置もそんな感じだ。

新情報に触れるべきということで最前線にいるが、隣にいるのは魔術師のモニカさんと盾職《タンク》のアーベル君という、もろに戦闘向きの人たち。

そのときに備えているのだ。

だからあえて、手が空いた状態にされている。

重圧の反面ちょっと申し訳なくて、できる限り持って帰る情報を多くしようと思った。

木の種類に生育している虫、あるいはモンスターらしき小動物など見るべき兆候はいくらでもあった。


「あの、ヴィムさん」

俺があれこれ考えているのを察してくれたのか、モニカさんが話しかけてくれた。

「『炎幕《ラウ・ファン》』の強化《バフ》の確認なのですが」

「はい。なんでしょう？」

「ヴィムさんは属性付与は使ってないっておっしゃってましたよね。魔術の方はどうやって強化《バフ》をかけているんですか？」

そうか、もう身内なんだし、当然説明した方がいいよな。

さて、今までの俺ならここでいきなり早口になり自分で設定した用語ですら積極的に混じえるところだろう。

しかしすでに以前の俺ではない。

大胆に要点を押さえた説明を用意してある。

「実は魔術自体へ強化《バフ》を使っているわけではないんです。魔術が出力されたあとにその物体が最大効率で敵に届くよう調整しています」

「効率、ですか」

「はい。たとえば『炎幕《ラウ・ファン》』のような炎の魔術だと、空気の扱い、特に気圧が重要になってきます。よりうまく燃え広がるように気圧差を調整して、酸素を取り込めるような炎の形を保つ等の工夫で損失が少ないようにしてます。イメージを下回ることはないようにしているので、安心して撃ってくださって大丈夫です」

「なるほど」

よし。完璧な説明だ。

「そういうのって、魔術に詳しくないと難しくないですか？」

するとモニカさんはちょっと翻《ひるがえ》って、好奇心を宿した目を向けてきた。

踏み込まれた気がして引いてしまいそうになるけど、もともと半分雑談みたいなものだ。

「まあ、昔魔術師志望だったもので……」

「ああ、そういえば、聞いたような」

「はい。ちょっといろいろありまして」

「いろいろって、振り分けが合わなかった、とか？」

「振り分け？」

「はい。学院の」

学院とは都市部か各地方に一つずつある、中流階級以上の人が行くことがある教育機関だ。

そこに通っていることを当たり前かのように言うということは、モニカさんってお嬢様だったのか。

「いえ、学院は行ってないです。田舎から迷宮《ラビリンス》に憧れて来たんですよ」

「じゃあどこで魔術の勉強を？」

「独学、ですけど……」

モニカさんは意外そうな顔をした。

「それは凄いです。尊敬します」

「ありがとうございます。……えっと、でも、その、独学って珍しいんですか？　みんな冒険者だし、理論の勉強は片手間にやるものでは」

「いえいえ！　少なくとも魔術師の半分くらいは学院出身の人ですよ？　それか家庭教師がついてたって人も多いですし」

おお、そうなのか。

合点がいった。道理で上品な人が多いはずだ。

そもそもフィールブロンで最大かつ資産も潤沢なパーティーなんだから、選ばれるべくして選ばれたって人が多いのは当然か。

いやちょっと待て。となると。

「もしかして【夜蜻蛉《ナキリベラ》】って、そういう人多かったりしますか？」

「そういう人、と言いますと？」

「いやその、ほら、貴族の家系だったり」

「普通、だと思いますけど。でも壮年の実力者！　みたいな人が入ってきたときは団長が他パーティーから引き抜いてくることが多いですね」

俺は思った以上に優秀な人たちに囲まれていたらしい。

あまつさえそういう人たちを出し抜いたような形でカミラさんに「エース」だの言ってもらっている状況だったのか。

そう思うと背筋がむず痒くて、無理やり伸ばして誤魔化さざるを得なかった。

◇

ヴィム少年の働きは、思わず腕を組んで頷きたくなるほどだった。

彼を雇用した最大の意義は、本来我々が無力であるはずの階層主《ボス》への対抗手段としてだ。

彼がいるだけで多くの団員が安心して歩を進められる。委縮しないで良くなる分、素の力が発揮しやすくなる。

それだけでも十分なのだが、彼は手が空くと地図《マップ》の作製、資源の開発に向けて情報収集を行ってくれるのだ。

地上で十分に情報を集めてきてくれているので、現場で更新された情報が加わってさらに価値ある情報を生み出すこともある。

彼の不安症は懸念材料だったものの、それが気遣いとなってこのような効用を生み出している節もある。結果的に長としては有難いことこの上なかった。

最近のヴィム少年は暗い表情をしなくなったし、集団の空気という意味でもなんら悪いことはない。むしろエースが謙虚なのは良いことだとすら言える。

『こちらハンス。団長、索敵班がモンスターを発見しました。複数です』

左方にいたハンスから伝達が入った。

『こちらカミラ。詳細を』

『多数の猿が我々に狙いをつけているようです。報告にあったモンスターで間違いないと思われます』

『わかった』

穏やかな時間も終わりか。

やはりここは迷宮《ラビリンス》の最前線。一筋縄でいくわけがない。

『総員、戦闘準備。囲まれているぞ』

＊

カミラさんから全体伝達が入って、一気に緊張感が増した。

【竜の翼《ドラハンフルーグ》】がもたらした前情報からするに、「猿」のモンスターが現れたということで間違いない。

極めて知能が高く、連携した囲い込みの攻撃を仕掛けてくるとのことだ。

高い知能と連携を持つモンスターが密林《ジャングル》という地の利を得るなんてろくなことになるわけがない。

視界に映る木々や草花の裏側に恐怖が見え隠れするようになる。

俺も索敵を広げ、いかなる動きも見逃さないように注意する。

どの葉擦れが風によるもので、どの音が獣によるものか、選り分けるように探っていく。話によれば階層主《ボス》も猿の一種らしいから、万が一のためにわずかな情報も逃してはならない。

ああ、だが、しかし。

たとえその姿を見なくても、俺には予感があった。

ずっと聞こえないふりをしていたのだ。

それは悪いものだと直感でわかっていたから。

「હું અત્યારે જઉ છું」

ああもう、確かに聞こえる。

ずっと聞こえ続けていた。

でも隣のモニカさんもアーベル君もまったくそんな素振りは見せない。頭のおかしな俺だけに聞こえる幻聴にしか思えない。

これが迷宮《ラビリンス》による何かだというのはわかっていた。

でも誰にも言えなかった。

これはそういう類の、聞いてはいけない声だ。

聞くこと自体が禁忌の、罪悪感を覚えるべき声。

だけどせめて、索敵装置《レーダー》代わりの使い方くらいはしてもいいだろう。

『こちらヴィム。おそらく、階層主《ボス》がいます』


広葉樹の隙間に見える影。

その動きの規則性が見え始めた。

左右に満遍なく気配を匂わせては消え、匂わせては消えを繰り返す。

そうすることで的を絞らせずに、なおかつこちらを疲弊させるようにしているのだろう。

統率を取っている群れのリーダーがいる。

となれば、そいつが階層主《ボス》に違いない。

【竜の翼《ドラハンフルーグ》】の報告を経てつけられたその名前は〝角猿〟。

大型モンスターほどの体躯はないが、速さによる圧倒的攻撃力を持つという触れ込みである。

『ヴィム少年、間違いないのか』

『はい』

半分は単なる勘でしかない。

不確かと言えば不確かだが、しかし直感は間違えようがないと叫んでいた。

「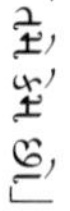」

だって耳元でずっとうるさい。

脚も震えておかしい。

命の危機が目の前に迫っていた。

この瞬間の判断にみんなの命がかかっている。早くこの場を離れたい。

『では撤退だ。君の所見を聞きたい』

俺が報告した以上、作戦も俺が考えるのが筋。

冷静になれ。この感情を抑え込め。

慌てて背を向けるでも突っ込むでもない。必要な要素を明確にしろ。

『引き返す撤退は難しいと思います。霊長の類のモンスターなので、おそらく誘い込まれる形になります。他の大型に当てられるかもしれません』

『そうか。では』

『はい。僕が行きます』

『具体的にどうする？』

報告書の記述から考えるやつらの基本戦術は、囲い込んで混乱させたあとに角猿が背後から中央を襲い、パーティーを分断させるというものだ。

『僕たち全員がある一方向を向いていれば、階層主《ボス》だけは動きの予測が可能です。おそらく背後から中央付近に来ます。そこを迎え撃ちます』

『……よし、それで行こう』

カミラさんは全体伝達でてきぱきと指示を出す。

俺も中央後方に位置を変えて戦闘に備える。

『いいか、撃破する必要はない。無茶はするなよ』

『はい』

『とにかく、初撃だ。初見で対応できる可能性があるのは君しかいない』

ある程度想定していた状況。

【夜蜻蛉《ナキリベラ》】のみんななら、しばらく動きを目に入れさえすれば対応はできる。

俺の仕事は最初の数秒の攻撃を防ぎきることだ。そこさえしのげば全員で多対一に持ち込める。

今、俺たちは演技をしていた。

警戒をしながらも注意は前方に集まっているように見せかけていた。

だから足もそれに合わせて前に進んでいる。

後ろを向ける回数が限られている以上、視界の端と耳で情報を拾う。

木々の配置を記憶しながら、どこに何がいるのか、音を立体的に捉えて足りない部分を想像で補う。

かえって感覚が鋭敏になって、心臓の鼓動が邪魔に感じるようになる。

そして、見えた。

木々の隙間に大きな人影。

人影と言っても人間じゃない。少なくともカミラさんと同等以上の体格がある。

角猿だ。

疑いようがない。

読んで字の如く角が生えていて、何よりも階層主《ボス》特有の圧倒的存在感と重圧を醸し出していた。

隙を見せた瞬間にその長い腕と爪で首を飛ばされるのが生々しく想像された。人間の命の儚さを、戦う前から知らしめていた。

みんなもはっきりとその恐怖を感じていた。

階層主《ボス》とはそういうものだ。前の階層の主である雨虎《アメフラシ》と相対したときも、誰もが自分の死を覚悟して臨んでいた。

だけど、今日は少しだけ様子が違う。

視線を感じる。しかも横から。

これは、みんなが俺を見ているのか。

頼りにされている？

当然だ、俺がそういう作戦を組んだ。

俺には戦う責務がある。これが一番効率的な自信もある。

これは最善、最も安全な作戦だ。

――だから、やっていいんだよな？

「移行：『傀儡師《ペプンシユピーラー》』」

角猿は喉の奥からキッ、と声を出した。

ご丁寧にこちらの誰がどうするか見ていてくれたみたいだ。

これは、もしかしてお望みの通りに動いてしまったのかな。

よく見れば余裕たっぷりに仁王立ちしている。もはや決闘に臨む騎士然とした出で立ちですらある。

いつの間にか景色の速度が落ちていた。

この光景もずいぶん慣れたものだ。

使うたびに死ぬかもしれない強化《バフ》だったけど、もう疑いようがない。

俺はこれを使える。低確率の綱渡りといっても安定しているからほとんど危険を感じない。

だからきっと違うのだ。

この付与の真髄は、いかなる状況でも超低確率の勝ち目があることじゃない。

……ダメだな。なまじ頭が回るようになるから、こんな状況でも考え事をしてしまう。

「『瞬間増強《パンプアップ》・五十倍がけ《フィンティーマール》』」

両手に山刀《マチェット》を握る。

角猿が脚で地面を踏みなおそうとするのがわかった。

だから、俺もそれに応じた。

あいさつ代わりの一撃。

角猿が詰めようとしていたであろう距離の半分の地点で衝突する。

俺は山刀《マチエット》を、むこうは爪を十字に重ね合わせてぶつかり合う。火花が散る。

なんとか動きを捉えきれた。脳を強化していなければ不可能な処理だった。

一度互いの衝撃を分け合って間合いの外に後退する。

また地面を蹴って、二つの振り子が揺り戻るようにもう一度肉薄。

角猿は跳ぶと同時に右腕を振りかぶっていた。左腕は防御に回っていて抜け目がない。

なら俺が取るべき選択は回避一択。

袈裟に振るわれた腕を、体を左に大きく倒すことで回避する。

角猿は勢い余って回りすぎる格好になり、右肩が俺の方に向く。

倒した体をひねり戻しながら、すかさず左の山刀《マチエット》を脇腹に突き立てた。

だが思ったよりも皮膚が固い上に、俺の攻撃に勢いが足りない。

そして角猿は反応を示していない。

防御に回していた左腕は二撃目の布石だと気付く。

このままでは攻防が入れ替わる。

唯一動かせる右腕に頼ることにする。両腕を広げ胴体をがら空きにすることになるが、挙動が予想できているなら悪い賭けじゃない。

剣尖をわずかに遊ばせながら、迫りくる左の爪に添える。

膝を曲げて空に浮き、手首、肘、肩と固定して、この攻撃のエネルギーをすべて後退に使う。

つまり、わざと吹っ飛ばされる。

成功。距離を取れた。

受け身をとってすぐさま立ち上がった。

なかなか動けてる。戦えてる。

これは、行けるんじゃないか？

こんなに余裕があるのなら、少しくらい、脳の処理速度の倍率を上げることも不可能ではないはずだ。

一・〇〇〇〇一倍に、もうちょっとくらいなら、できる気がする。

どうだ？　意識を失うか？

いや、やらなきゃいけないんじゃないか？

みんなの命が懸かってるんだ。

むしろここで自分の命欲しさに躊躇するのは、ダメなんじゃないか。

なら、仕方ない……か？

少しだけ、危険《リスク》を許容した。

――来た。

来た来た来た来た。

「――『瞬間増強《パンプアップ》・百倍がけ《ヒュンダーマール》』」

景色がよりいっそう鮮明に、ゆっくりになった。

不味い。これは不味い。

頭が全開で回転している。

組み立てている付与術のコードが空中分解しそうになる。

そうなったら全身バラバラだ。

一瞬でも集中が途切れると意識が飛ぶか骨が折れるか筋肉が断裂する。

でも体はもっと動く。

さっきの二倍の重ねがけができるんだから、使えるエネルギーも増える。

効率も上がって持続時間は差し引きそこまでマイナスにはならない。危険《リスク》が増すだけだ。

角猿もこっちの様子が変わったのがわかったみたいだった。

獰猛な目はさらに鋭く細まって、全身の筋肉が締まるように蠢く。

肥大すると同時に絞って凹凸がはっきりする。

余力ありありじゃないか。こっちも上げないと危なかったんだ。よかった。

飛び掛かって爪と山刀《マチェット》が衝突。

運動量を交換し合うように衝撃を伝え合う。刃を数回重ねる攻防が繰り返される。

全部打ち合って伝えて、前方への勢いはすべて失われて、停止する。

互いに互いの間合いの内側にいた。

むこうの方が腕が長いから本来は少し離れたいのだろうが、だがしかし。俺たちは両足を地面に固定していた。

目と目が合う。

理解する。

ああ、こいつはわかってる。

俺は両腕に山刀《マチェット》を、角猿は爪を。

曲芸《ジャグリング》をするみたいに脳を回しつつ、互いの組み立てをすり合わせながら高速で刃を振るう。

蹴りを交えるなんて無粋なことはしない。

火花が散る。

どんどん速度が上がる。

手持ちの発想が尽きそうになるたびにアイデアを捻りだす。

相手も一緒だ。

だが、こっちはもっとシビアな危険《リスク》を背負っている。一瞬でも選択肢を間違えれば体が真っ二つ。

これだよ、これ。

高揚感と裏返しの危険。

片方を上げるほどもう片方も上がるこの感覚。

『――くそ！』

いける。まだまだ刻める。

それと同時に危険《リスク》が増す。

全身が瓦解《がかい》しそうになる。

戦いはこうでなくっちゃ。次の一瞬が保証されているなんて退屈でしかない。

『――い、ヴィム少年！』

ダメだ。こらえられない。

頬が吊り上がる。

そうだよ、ずっとこれがやりたかった。

上達して危険《リスク》が下がるのが寂しかった。

でも安全なのが大事で、危険《リスク》を上げるのなんて馬鹿らしくて、でも今は上げないといけないんだから。

「……ヒッ」

耐えたけど、ちょっと声が出たかも。

死ぬ。これは死ぬ。

でも俺は今生きている。馬鹿みたいな綱を渡りきっている。

最高だ。

ああ、帰りだとか、仲間の命だとか、何もか――

『落ち着け！』

角猿が急に、横に跳んだ。

俺の攻撃に反応したんじゃない。意識の外からの攻撃。不意打ちだ。

「落ち着け。無茶をするな」

大首落としが槍のように伸びて、俺と角猿の間を分断していた。

「十分によくやってくれた。だからそれ以上は上げなくていい。君が尽きたら私たちは全滅するんだ」

カミラさんの声を聴いて、我に返った。

俺は今、何を考えていた？

頭に上った血がスッと引いた。

そうだった。そういう話だった。

つい夢中になってしまった。カミラさんの言うことが正しい。

「討伐の必要はない。我々ももう対応できる。だから、頼む」

脳の強化《バフ》の倍率を下げた。

そうだ、ここで俺が無茶をする意味はない。討伐するならもっと階層全体の構造が判明したあとに、しっかりと計画を組んで多人数で攻めるのが効率的。

夢中になっていた。これはあくまで撤退戦だ。

「すみません」

「まだ動けるか？」

言われて確認する。

大丈夫だ。倍率を上げたのは少しだけ、倦怠感はあるが問題ない。

「行けます」

「……よし。制御ができているならいい。前衛部隊の対応も上々だ。打ち合わせ通りに行くぞ」

カミラさんは伝達で指示を出した。

ここから先の俺の役目は一撃離脱《ヒット＆アウェイ》。

後衛部隊の攻撃にわずかに遅れて、敵が防御した瞬間の隙を突く。

『第二段階だ！　撃て！』

木々の隙間を抜けて火球が飛ぶ。

牽制の意味合いが強いけど、他の猿たちにとっては十分直撃が致命傷になる。当然角猿にはより強力な炎を差し向ける。

遅れて俺も角猿に肉薄した。

再び剣戟が繰り広げられると思っていたものの、その威勢はもう削がれていて、俺の勢いに負けて後退する。

深追いはしないように軽い斬撃を数回繰り出す。ここから先は本体への攻撃じゃなくて、むこうの攻撃力を損なわせるために爪を割る方向に集中すべきだろう。

形勢は逆転していた。

猿たちの囲い込みの不意打ちは失敗し、俺たちは盤面を把握して冷静に対応できる状態にあった。

やつらもそれを悟ったのか、俺たちを囲んでいた余裕が消え去って動きに積極性がなくなっているのがわかる。

聞こえてくる全体伝達もどんどん芳しいものになっていた。

大勢が決まった頃、角猿は諦めたように振り返って、密林《ジャングル》の中に消えていった。猿たちもそれに続いて徐々に後退し、去っていった。

『こちらカミラ、索敵部隊、どうだ』

『こちらジーモン。反応は遠ざかっていきます』

張り詰めていた緊張の余韻が残っていた。それが無意味だと、すぐには断定できない。時間が経ってようやく、難所を切り抜けたという安心感が伝搬し始めた。

『諸君！　我々は階層主《ボス》の撃退に成功した！』

カミラさんの伝達に、みんなが歓声で応えた。


帰りの転送陣まで、とても明るい空気だった。

俺の戦いを見ていたみんながびっくりするくらい褒めてくれた。

本来なら絶体絶命であるはずの階層主《ボス》との遭遇をしのいだ安心感もあったのか、大げさなくらい感謝もされた。

「ヴィムさん！」

アーベル君がグイッと距離を詰めて、両手を握ってきた。

「その……マジで凄かったです」

お、おう……

いやいや、引いたらダメだ。

好意をもらってるんだから、誤魔化すのも良くない。

笑顔を作る。

さあ声を張れ。張るくらいがちょうどいい。

コツはそう、こっちからも両腕を開いて歓迎する感じをイメージするんだ。

「ありがとう！　アーベル君も、みなさんも、本当に助かりました！　正直あれ以上は僕も危険で……」

「そんな！　勿体ないお言葉」

「大げさだって……。本当にみなさん、ありがとうございました」

畏まるアーベル君を見て、ちょっとした笑いが起こる。

よし、うまくいったみたいだ。

最近わかったことだけど、話しかけやすい雰囲気というか、相手の応答を積極的に受け付けようとする態度をこちらから示すことは重要らしい。

「ヴィム君ヴィム君、体は大丈夫か？」

転送の順番待ちをしている間、ハンスさんが話しかけてくれた。

「はい。おかげ様で。病院に行く必要はなさそうです」

「そうか、なら食事でも――」

「おいハンス。あれほどの戦いのあとだぞ。ヴィム少年も副団長に向かって厳しいとも言いにくいだろう」

　カミラさんが諌める。

　でも自分の体調を振り返ってみれば、体は痛くない。魔力も尽きていない。

「本当に大丈夫、みたいです。多少疲れてはいますけど、いつもの迷宮潜《ラビリンス・ダイブ》とそう変わりないくらいで」

「そうか。なら無理に止めることもしないが」

　公認が出たということで、ハンスさんは向き直ってニカッと笑った。

「というわけでヴィム君、これでひと段落したことだし、地上に戻ったら食事でもどうだ」

　おお、これは一仕事終わったあとの飲み会というやつか。

「そうだな、ヴィム君は行きつけのお店とかあるか？」

「行きつけとかはそんなに……でもときどき行く店ならあります」

「なら、そこでどうだ？　あっ、秘密にしたいとかならまったく構わない。そのときはこちらで決めよう」

　グレーテさんの顔が頭に浮かんだ。

　そういえば、もし俺が有名になったら宣伝してくれって言われてるんだっけ。

「いえいえ、店員さんにも宣伝してくれって言われてるので。泊まり枝ってお店なんですけど」

「ほう」

　軽いやり取りではあるけど、なんだか足元がフワフワする。

人の輪にいるってやつか、これが。

漠然と憧れていたものに参加しているという実感があった。これからこんな日々を繰り返していくのかと思うと、転送陣を踏もうとする足も、何か偉大な一歩を踏み出すべく前に出されたような、そんな気がした。

「મારે તે લોકોની જરૂર નથી」

ああもう、やめろよ。こっちはうまくいってるんだから。

そんな甘い声で、囁かないでくれ。


久々の泊まり枝。

もともとたまにしか来ていなかったけど、ここ最近は忙しくてさらに期間が空いてしまっていたのでちょっと気まずい。

「ども」

扉を押すと、カランコロンと鳴った。

「おおー！　ヴィムさんじゃないですか。お久しぶりです」

グレーテさんは変わらずそこにいた。

溌剌とした看板娘っぷりもそのままだ。

「ご活躍は伺ってますよ！　もう有名になりすぎてこんな小さな居酒屋来てくれないんじゃないかと思ってました」

「いえいえ」

「マスターなんてここをあのヴィム＝シュトラウスのかつての行きつけ、として売り出そうとしてたくらいで」

「そんな大げさな……」

「表情もすっかり良くなって！　前来たときにはまだ暗い感じで、マスターと心配してたんですけど……安心しました！」

そんな顔してたのか、俺。

しかし、表情が良くなっているのか。

グレーテさんが言うならそうなのかな？

俺もちゃんと真人間っぽくなれてるってことだろうか。

なんだか自信が湧いてきた。今日はあまりあれこれ考えずにはっきり喋れる気がする。

「はい、じゃあお一人様カウンターで」

「いえ、今日は同僚といいますか、【夜蜻蛉《ナキリベラ》】のみんなと一緒に来まして」

「へ？」

「結構人数いますけど、入れますか？　特に予約とかがなければ貸し切りでお願いしたいくらいなんですが」

俺がそう言って後ろにいるみんなを横目で見ると、グレーテさんは数秒固まった。

「マスター、大変です！　その、【夜蜻蛉《ナキリベラ》】の方々が！」

「はあ？　ああ、ハイデマリーさん？　何を騒がしそうに」

「たくさんいらしてます！　えっと、その、なんだったっけ、〝熱戦〟のハンスさん、〝鉄壁〟のアーベルさん、えっと」

「お、おう？　そんな大物が……ん？　あ、本当だ」

え、二人ともそんな二つ名があったの？

「落ち着け馬鹿娘！　フィールブロンの居酒屋ってなぁ、いつ何時も冒険者を全員お相手すんだ！」

「落ち着いとるわ！　ご案内します！」

あれよあれよという間にみんなは手慣れた感じで席につき、俺は出口と反対側の席の奥の方に押し込められた。ハンスさんが隣だった。

「いやー、なかなかいい店じゃないか」

「はい」

「おすすめは何かあるのか？」

「名物は腸詰め《ソーセージ》です」

「王道だな。名物というのは」

「極太なんです。腕くらいはあります」

「ほお……よしみんな！　その極太腸詰め《ソーセージ》をいただこうじゃないか！　俺の奢《おご》りだ！」

おおー！　と男どもの歓声と拍手が上がる。ごちそうになります！　とも聞こえてくる。

おっ、アーベル君も言ってるから若めの衆はそんな感じに言うものなのか。

「ハンスさん！」

「ん？」

「ごちそうになります！」

「お、……おう！　いっぱい食え！」

ちょっと慣れない台詞を言ったので、何か拙くなかったかと心配になった。

だけど案外、ハンスさんもみんなも気にしていないみたいだった。むしろ俺もみんなと話したいということを知ってもらえたようですらあった。


「いやぁ、しかし、ヴィム君はいい店を知っているな。これなら一人でも来たいくらいだ」

泊まり枝の料理はかなり好評だった。

俺は行きつけといっても一種類の注文しかしたことがなかったので知らなかったけど、結構な種類があってそれがすべて美味しいらしい。

俺も久しぶりで当然その分美味しかったのだが、みんなを見ていると基本的なメニューというのはなんだか味気ないというか薄味なものだというのがわかった。

次からは新しいものに挑戦してもいいかもしれない。

「娘さんも若くて美人じゃないか。同じ年頃だろう？」

「だと思います」

ハンスさんは少し小声になった。

「狙ってるのか？」

「……？　あ、いえいえいえ」

「またまた。別に恥ずかしいことでもあるまいに。君も名を挙げたんだし身を固めることを考えてたりもするんだろう？」

そういうことが普通なのか、冒険者は。

うーん、この店の魅力はどっちかというとあんまり話しかけてこないことだからなぁ。

グレーテさんも店の出入りとお会計のときにちょっとやり取りをするくらいで、むしろ俺が静かにしたいと察して動いてくれたりする。

「あんまりそういうのは、考えてないです」

「そうかー……まだそういうこともあるかー」

残念そうにしている。

「じゃあハイデマリーちゃんはどうなんだ？　その、なんだ。露骨にそういう雰囲気というわけでもないし聞くのが憚られてたんだが」

「いやぁ、そういう感じではないですね。同郷の盟友、みたいな」

俺は友達だと思ってるけど、ハイデマリーの側がどう思ってるかは実のところ微妙だったりする。

「まあ人の距離感があるからなぁ、どうこう言うつもりはないが。でも一緒になりたいと思ったときは躊躇しない方がいい。ガーッと行くんだ」

生まれてこの方恋愛とは縁遠く生きてきたので、あんまり想像がつかない話だった。そもそも街のカップルたちの形成過程がわからないとか、俺の恋愛に関する認識はそんな水準である。

「ときにヴィム君、ハイデマリーちゃんと同郷ってことは、君も学院にはいかず独学で鍛えたクチか？」

「はい。自分でいろいろ」

「実は俺もなんだよ！　ド田舎からフィールブロンに憧れてこの身一つでやってきてなぁ。苦労したもんだ」

素直に意外だった。

ハンスさんって結構落ち着いている感じだったので、もっとエリートみたいな経歴を想像していた。

カミラさんがこの人を副団長に置いているということは、そういうバランスも考えてのことなのかな。あんまり貴族出身者で固めてパーティーが先鋭化するのは良くない、みたいな発想だろうか。

「貧乏地主の三男坊でな。多少の援助はもらえたがまあ最初は酷いもんだった。装備も中古しか用意できなくてなあ。毎日迷宮《ラビリンス》の外でも働いたもんだったよ」

うん？

それって割と普通というか恵まれた方では。

でもこの話を聞いてる周りの反応はそうでもない。普通に貧乏話っぽい。

特にハンスさんと同年代の人たちは、うんうん、ハンスは苦労してた、と頷いている。

「団長に見出してもらえてなんとか【夜蜻蛉《ナキリベラ》】の下部組織でやってたんだが、地獄みたいな日々だったよ。天井にぶち当たって、才能の限界を感じてな。自分はここまでの男かと落ち込んださ」

おお、まあ、そういうものか。

苦労もあったんだろうな。あるに決まっている。

スタート地点は違えど、そういう苦悩には覚えがある。

今もそうだ。己の限界に立ち向かうとき、人はいつも孤独だ。世間や他人はそういう個人の苦悩に興味がないし、自分の問題は自分の裁量で最後まで面倒を見なければならない。

「でも、彼女――今となっては妻だな、が支えてくれた」

……奥さんいらしたんですね。

「あんまり伺ったことなかったんですけど、もしかして【夜蜻蛉《ナキリベラ》】って結婚してる方が多かったりするんでしょうか」

「ん？　ああ、まあな。若手じゃなかったら男衆はだいたい既婚者なんじゃないか？　マルクとかも子供がいるし」

おおー、まったく意識してなかったけど、そう思うと変な気分だ。

そうか、そういうものか。

今まで為した会話も、既婚者相手だったと思うと微妙に意味合いというか気持ちが変わる。

ちょっと引いた目でテーブルを見回してみた。

なんというか、円滑だ。

こうやって一緒にご飯を食べて空気感を共有して、決まったやり取りとか笑いどころがあって。

こういう会話が意外と重要だということをみんなわかっている。そして自然にできている。

なるほど、みんな迷宮《ラビリンス》の外では夫だったり誰かの恋人だったりで、ちゃんと社会の一員をやっているわけだ。大人だな。

あ、アーベル君もうぇーいとか言ってる。

気付けば俺の方にも何回目かの乾杯の盃が差し出されている。

お、これは、同じように返せばいいのだろうか。

「うぇーい！」

「うぇ、うぇーい」

俺も言ってみた。

そしてゴクゴクと麦酒《ビール》を流し込む。

大丈夫だろうか。

ちゃんとできているだろうか。

不自然じゃないだろうか。

楽しいけれど、慣れないことだから気疲れしてしまう。

そしてこのあともあるかもしれない。仕事の付き合いでもあるわけだし、断りにくかったらどうしよう。自分がどこでヘマするかもわからないし。

と、思ったら。

特に二次会とかはなかった。

飲み直したい人が数人集まってやるくらいで、特に強制させる気配もない。

おお、本当にできた人ばかりだなぁ、【夜蜻蛉《ナキリベラ》】は。

◇

階層主《ボス》と遭遇したのに、誰一人死傷者が出なかった。

この事実の大きさをヴィム少年はどこまで理解しているだろうか。

数多の冒険者が階層主《ボス》を恐れ、避けるよう努め、そしてあえなく散ってきた。

この恐怖がどれほどの冒険者の足を止めてきたか。

一つの階層の踏破に何年もかかってきたのはそれゆえだ。階層主《ボス》との接敵を恐れずに済むのは革命的ですらある。

そして今日で確信した。

ヴィム少年のあの戦闘力は再現可能なのだ。

彼が言うような偶然の産物ではない。意図的かつ有効に作用する、強力無比な絶対的戦力。

やはり私は間違っていなかった。

大当たりだ。

すでに彼に提示した給料を補って余りある利益が出ている。これから先も金に糸目はつけまい。

しかしそれだけでは足りない。

金だけで繋ぎ止められると思っていては、他のパーティーに足をすくわれる。

人を繋ぎ止めるのに必要なのも、また人だ。

＊

【夜蜻蛉《ナキリベラ》】は第九十八階層を完全に踏破し、第九十九階層の開拓にも出遅れずに済んだ。

ようやく繁忙期を抜けたわけだ。

団員のみんなは通常運転に戻ったと肩の力を抜いていた。

対して俺はその一番忙しい時期に入団したので手持ち無沙汰のように感じてしまっていた。

これからはペースを落としていくから気力を養えとのお達しだったが、それでも妙に落ち着かない。

するとカミラさんが気を利かせてくれて、冒険者ギルドに軽いお使いを頼んでくれた。街で散歩でもして気を緩めろとのことだった。

ギルドの扉をくぐり、受付の順番が回ってくるまでに深呼吸。

今の俺は【夜蜻蛉《ナキリベラ》】の一員であり、中でも目立っている存在だ。それが怪しげにもごもごとしているのは良くない。

「こんにちは！　【夜蜻蛉《ナキリベラ》】のヴィム＝シュトラウスです！　収支報告書をお持ちしました！」

ちょっと声が大きかったか？

受付の人に話しかけるのに必要で十分なくらいのはずだけど。

周りを見ると、若干名こちらを振り向いている人がいるようだった。

いや、まあ、元気がいい若者くらいに収まってるんじゃないか？

「ああ、はい。こちらへ」

「お願いします」

受付嬢さんはパラパラと書類をめくって確認している。

「はい、問題ございません。おあずかりしますね」

「ありがとうございます。失礼します」

よし。噛まずに、止まらずに言えた。

一安心だ。

そんな俺の様子を知ってか知らずか、受付嬢さんは俺の方を見てニコッと笑った。

「ヴィムさん、なんだか明るくなりましたね」

「そうですかね。そうだったら嬉しいな」

俺も笑って返すことができた。


帰路の足取りは軽かった。

よしよし。俺もちゃんと立派な一冒険者になっている。

まだぎこちないし滑稽な部分もあるだろうけど、前よりは百倍マシなはず。

みんなはとっくの昔に知っていたことかもしれないが、どうやら俺から明るくふるまうことで相手もやりやすくなることが多々あるらしい。

何もかもその方が上手く回る。

ちょっと疲れるけど、総合的にも実は楽だったりもする。

「……あれ？」

屋敷の門を抜けて気付いたが、妙に静かだ。

いつもなら多少の人の気配というか、話し声くらいは聞こえてくるものだけど。

でも明かりはついてるな。

どこかの部屋で集まって緊急会議でもしているのだろうか。急がなければ。

重い扉を押しながら、誰にともなく帰宅の報告をする。

「ただいま戻り――」

パン、パパン！　という音が鳴って、背中がビクついた。

それはクラッカーの音だった。

目に大きな垂れ幕が映った。何やら文字が書いてある。

〝ようこそ夜蜻蛉へ　ヴィム＝シュトラウス〟

唖然としていると、垂れ幕の裏からカミラさんが出てきた。

「あー、こほん。こういう台詞を言うのは、その、なんだ。まあ恒例だ。忙しくて後回しにしてしまっていてな、すまなかった」

「へ？」

なんだなんだ、みんないるぞ。

「……団長、謝罪から入ったら意味わかりませんって」

ハンスさんが言うと、カミラさんは苦笑した。

「うむ、そうだな。では、私から音頭を取らせていただいて、せーの！」

みんなは一気に息を吸った。

「「「【夜蜻蛉《ナキリベラ》】へようこそ！」」」

凄い音量と音圧。

ようやく俺は事態を理解する。

これは、サプライズというやつか⁉

理解しても呑み込めない。なんだこの感情は。

えっと、なんだ、これは。泣きそう。でも何か言わないと。えっと、その。

「みんな……ありがとう！」

思いきりお辞儀をしながら辛うじて出たにしては、上出来な大声だった。

心底から出た言葉。最後の方は震えてたかも。

顔を上げると、とびきりなみんなの笑顔が見えた。


祭りと見紛うくらいの豪華な食事だった。

七面鳥みたいな鳥も多数。

会議に使われるこの大広間も、立食パーティーの会場として飾り立てれば相当見栄えが良くなる。結婚式とかもできるくらいじゃないだろうか。

「新団員が入るたびにこうしてサプライズパーティーを催すのがうちの恒例なんだ。今回は繁忙期が重なってどんどん後回しになってしまってな。ようやく一段落ついたということで、な」

カミラさんははにかみながら言った。

「えー、そうだな。うん。改めて言うのも気恥ずかしいのだが、言っておかねばならないことがある。団員を代表して、第九十八階層の話もまとめて、だ」

彼女は急に畏まった。そしてみんなの視線を集めて、一礼した。

「ヴィム＝シュトラウス殿。私たちの命を救ってくれてありがとう。貴君は私たちの恩人だ。そしてできることならこれからも、共に戦ってもらいたい」

みんなも続いた。

ありがとう、とか、よろしくお願いします、とか、そういう言葉が次々に聞こえてきた。

「僕も、これからもよろしくお願いします！」

これが感極まるというやつだろうか。泣きそうだった。

パーティーはつつがなく進んでいく。

美味しいご飯を食べながら、みんなと改めて挨拶をして、面識があまりなかった人とも親睦を深め合っていく。

「ヴィムさん」

アーベル君が、何やら緊張した顔で俺の前に立っていた。

「その、ヴィムさん。あの」

「えっと、僕、何かしたかな？」

「いえ、その、そうじゃなくて、その、目標、にさせていただいてもいいですか⁉」

真剣そうなのに申し訳ないけど、意味が取れなかった。

「それはどういう……」

「いろいろ考えました。単に憧れてるだけじゃダメなんだって」

お、おう。そうか。いろいろ考えてくれたのか。

「負けませんよヴィムさん！　単なる憧れじゃなくて、目標として、ちゃんと追い付いて見せます！」

何やらよくわからないけど、アーベル君なりに俺にそういう尊敬みたいなものをぶつけてくれてるのはわかった。

正直ちょっと戸惑う。

そんなまっすぐな感情をもらったことなんてなかったから、今までの俺なら驚いて引いていたかもしれない。

でも今の俺は違う。

もらった気持ちを真正面から受け取る礼儀を知っている。

「うん！　よかったら訓練、付き合うよ！」

おおー、と声が聞こえてきた。

アーベル君は感激した顔をしていた。

「でも、多分組み手とかやったら俺、普通に負けるよ……？」

温かな一笑いが起こった。


——改めて思う、【夜蜻蛉《ナキリベラ》】は素晴らしいパーティーだ。

高い実力だけじゃない。豊かな心で人を気遣うこともできる。

素直な心をもって生まれた人が、恵まれた環境で、温かい人に囲まれて、努力を重ねてまっすぐ育って、自分の力で成果を勝ち取ってここにいる。

きっと挫折や苦悩も知っているんだろう。だから人に優しくなれる。

不運や才能の限界に、強い意志と、もしかすると家族や友人や恋人と一緒に立ち向かった。そして打ち勝ったんだ。

みんながみんな、選ばれた人たち。

そんな人たちが、俺を命の恩人と慕って、認めてくれている。

ああ、なんと素晴らしいことだろう。

俺は評価され、こうして迎え入れられ、俺が素晴らしいと思う人たちの輪に入る。入っている。

この人たちと一緒ならどこへだって行ける。

俺は正しく、みんなで力を合わせて、この先の人生を生きていく。

疑問の余地など何もない！

【夜蜻蛉《ナキリベラ》】は最高だ！

その夜、食べたものをすべて吐いた。

第六話　人間不十分

俺はヴィム＝シュトラウス！

何を隠そう、俺はあの最高のパーティー【夜蜻蛉《ナキリベラ》】でエースを務めているのさ！

責任重大だけど、みんなの期待を背負うのは誇らしい！

今日は休養日、もとい訓練日だ。

迷宮潜《ラビリンス・ダイブ》は命懸け。準備というのは本番よりもあるいは重要だと思って臨まなきゃいけない。

特に俺は頑張らなきゃいけない立場だしね！

まずは朝、夜明けと共に中庭に出る。心地いい肌寒さだ。

「――」

うーん、でも、少し耳鳴りと頭痛がするな。

入団して結構時間が経って、季節も変わり目だ。踏ん張らないと。

「カミラさん！　おはようございます！」

カミラさんは一心不乱に巨大な錘《おもり》を振っている。

さすがだ。フィールブロン最強の戦士の一人と言われているにもかかわらず慢心がない。この姿勢が人を惹き付けるんだろう。

見習わなければ、と強く思う。

自慢になるが、俺だってここ最近は最強だのなんだの言ってもらえている身だ。

どう見られているかをしっかり考えて、良い意味でのプライド、誇りを持たねばならない。

「すまないな、毎度朝飯前に呼び出して」

「いえいえ！　団員として当然です！」

【夜蜻蛉《ナキリベラ》】は資金力に裏打ちされた非常に筋の通った給与体系を敷いている。

たとえば団長の要請であっても、このように早朝に呼び出しがあった場合にはしっかり早めに出勤したことになって、その分の給金が支払われる。

「よし、では、頼む。術師ヴィムの付与を承認する」

「はい。付与済み《エンチャンテッドバフ》です」

俺も自身に強化をかけて、正面から相対する。

体格から来る凄い重圧。

正面から組み合っては体格差と質量差であっという間に組み伏せられる。

だから俺の前提は反撃《カウンター》だ。間合いに入るのは腕を取るため。

カミラさんが俺を掴もうと差し出した手をいなして、投げるべく添えようとする。

が、今まで決まっていたこの方法が通じなかった。

バチっと手の甲から弾かれて、こちらが逆手で掴まれそうになる。慌てて距離を取る。

「むぅ、今日こそはやれると思ったのだがな」

「……負けませんよ！」

手と手、腕と腕が掠り合う攻防。

そしてなんとか、隙をついて投げきった。

ちょっと罪悪感。

でもこんなことで怒る人じゃない。そういう信頼関係あっての組手だ。カミラさんは元気よく跳ね起きて、笑顔で構えなおした。

「よし、では次は生身だ！」

ここからが本番。今度は強化《バフ》を打ち切って戦う。

さっきと同じ動きを強化《バフ》なしで再現することを試みる。そうして強化された動きと現在の動きの差を比較することで、自分の技術の欠点と不足している部分が明白になるのだ。

この訓練はもう何十回目かで、そろそろ恒例と言っていいくらいだった。

カミラさんほどの強者が、俺の強化《バフ》を有効活用してくれているのが嬉しかった。俺だって訓練に付き合っているだけじゃなくて、ちゃんと上達している手応えを感じている。

毎日向上、一日一歩。

素晴らしく、誇らしいことだ。


朝の鍛錬が終わると今度は朝食だ。

【夜蜻蛉《ナキリベラ》】は交流を大切にするパーティーで、特に朝食はできるだけ大広間で用意されたものを決まった時間に食べることが推奨されている。

「おはようございます！」

元気よく挨拶する。

そしてテーブルを見回して、ちょうど人数が足りなそうな場所に行く。

「ここ、いいですか？」

「ああ、ヴィム君。いいよいいよ、一緒に食べよう」

この人たちは、えっと、エッケハルトさんとローレンツさんだ。

後衛部隊の後方なのであまり話すことがないんだけど、よしよし、ちゃんと覚えている。昨晩の成果が出ているぞ。

「――よし」

こうやっていろんな人と交流を取ることは大切だ。

特に俺はこのパーティーで素晴らしい評価と給金をいただいている身だし、ぶっきらぼうにしているといらぬ軋轢を生むこともある。

それに人とちゃんと話すのは楽しい！

人と関われるのは人間の至上の喜びの一つなのさ！

昼にも訓練と、あとは一部書類仕事なんかがある。

【竜の翼《ドラハンフルーグ》】で鍛えたというか、揉まれた経験がここで生きた。実は俺はこういう実務能力に長けていたみたいで、結構頼りにされたりもするんだ！

それが終われればお楽しみ、みんなとの夜ご飯だ。

朝が早い分あまり遅くまで訓練していても仕方がないので、みんな早めに切り上げて、日が沈まぬうちに街に繰り出すことが多い。

なかなかの人数だし結構目立つ。

意外なことに黄色い声が聞こえてきたり、自意識過剰じゃなければそれが俺の方に向いていたりもする。

でもちょっと頭痛に響くから、今は高い声はやめてほしいな。

俺の定位置みたいな席もできた。

基本的にお店の奥の方で、これはどうやら俺を結構偉い位置に置いてくれている配慮らしい。むず痒いけど、せっかくの気遣いだ。断るんじゃなくて、応えなきゃね！

でも新入りだし年下だから、さすがに手樽《ジョツキ》を配ったりとかそういうことは積極的にやるようにしている。

「ヴィム君、毎朝団長のお相手ご苦労だねぇ！」

「いえいえ、勉強させてもらってます」

「団長もすっかり頼りにしててよー！　もうヴィム君がいないときでもヴィム少年はヴィム少年は、って口癖みたいになってるぜ？」

「いやぁ。　カミラさんにはいつでも馳せ参じますとお伝えください……ふふふっ」

おっと。

笑い方気持ち悪かったかな？　自然に笑ってたと思うんだけど。

でもみんな特に変な反応はしてないな。安心。

「――ゑふ」

おや、斜め前で何やら三人くらいがメニューとにらめっこしている。

「どうしたんです？　マルクさん」

「ん？　ああ、これこれ。頼もうと思ったんだけど、食えるかなって」

出されたメニューに書いてあったのは「激辛肉巻き《リンダーロウラーデン》」。

名物らしいけど、唐辛子があまりにききすぎていて食べきれないことが多々あるらしい。

「はい！　僕、それ食べたいです！」

「お？　行くか？　大丈夫か？」

「最近辛いのに挑戦してるんですよ！　この前も激辛ソースに挑戦したんですけど割と平気でした」

「おー、よし、じゃあ頼むぞ。一口分けてくれ」

「どんとこいです！」

運ばれてきたお皿は真っ赤なソースで染まっていた。

テーブルは一瞬引いて、おいおいやらかしたよ、という空気になってしまった。

俺も失敗したかなと頭によぎる。

でも注文したのは俺だ。引き返せない。

「はい！　では、ヴィム＝シュトラウス、行きまーす！」

赤々しい肉巻きにフォークを刺して、一気に齧りつく。

おおー！　っと歓声と拍手が上がる。

こういうのは丸呑みしちゃいけない。しっかり噛んで辛さを堪能するのだ。

「……美味しい」

ところが、いざ食べてみると辛いにしてもそこまで辛くない。

それどころかとても美味しい。

辛さに耐えた者だけが享受できる美味しさを、辛さを感じずに味わえるようなそんな感じ。

ちょっと変に目立とうとしてしまった節は否めないけれど、この料理はアタリだ。

「本当か。じゃあ俺も……」

「どうぞどうぞ」

物欲しそうにするマルクさんに皿を差し出す。

そして俺と同じようにパクッと一口。

「……ッ！　辛え！　無理だこんなの！」

笑いが起こった。よかった。変な空気はもうなくなった。

「おー、ヴィム君はいけるクチなのか」

ハンスさんが楽しそうに言う。

「いえ、案外才能というか、辛いの得意かもしれないです」

「はっはっは！　言うようになったねぇ！　ヴィム君！」

そこから先も楽しい時間だった。

お話しして、若い衆がちょっと無茶なことをしてみせて、拍手したりする。

一番大きな拍手が上がったのはハンスさんが「今日は俺の奢りだ！」と言ったときだった。

そしてここも【夜蜻蛉《ナキリベラ》】の素晴らしいところ。

明日に備えて解散が早いのだ。

夜のフィールブロンをみんなと話しながら歩いていく。

いろんな人が見ている。

手を振ってきてくれたりするので、ときおり振り返したりして応えてみたりする。

お、小さな男の子が喜んでくれた。

どうなんだろう、そんなに派手な見た目じゃなくても冒険者ってだけで格好よく見えるものだし、こうやって凄い人たちの真ん中にいれば憧れにも映ったりするんだろうか。もしそうなら嬉しいかも。

「[illegible]」

うるさいなぁ！

ここは迷宮《ラビリンス》の外だぞ⁉

◇

ヴィム少年を迎えて三か月、彼はすっかり変わった。

おどおどした様子は消え去って、はきはきと喋るようになった。

猫背気味だった背中も伸びて、目に光が宿り、快活に笑うようになった。

私たちに物怖じすることもなくなったし、ちょうどよい謙虚さを残したまま、自分の力を正しく誇れている。

もともと周りが見えすぎてしまうがゆえの挙動不審というところもあった。

つまりは常識や他人の気持ちがわからないわけではなかったということだ。

周囲の人間が正しく接してやればこうなるのも道理だったのだろう。

実際のところ、仮団員の段階の彼と周りには小さな軋轢があった。

その能力と自己評価の差が嫌味ったらしく見えることがあったようで、正直なところあまり良く思っていなかった団員もいたようだ。彼にもその気配が伝わったのかもしれない。

無論それでヴィム少年を害するような下卑《げび》た輩などうちには一人もいやしない。

しかし小さな綻びはいつか大きな問題に結実することもあるし、本人が自覚して改善しようと思ってくれた結果なのだから、歓迎すべきことだ。

見たところ、今は団員とも問題なくやれているようだ。

能力の分仕事も多くなってしまうから仕事量は私の方で調整している。

道義的にも合理的にも、彼のような優秀な人材には健康的な生活と十分な休暇をもって末永く働いてもらうことが望ましい。

ここも彼に関して評価が高い点だが、こういった意図をすぐに汲み取って従ってくれるのも有難い。

やはり聡い少年なのだ。物事の本質を捉える能力に長けている。

万事順調。そう考えるのは安易だろうか。

＊

耳鳴りと頭痛が止まない。

もう何十度めかの第九十九階層。

第九十八階層に負けず劣らず広大な階層だけど、俺たち【夜蜻蛉《ナキリベラ》】の活躍と、そして意外なことに【竜の翼《ドラハンフルーグ》】の躍進によってかなりの部分が開拓されてきた。

俺が聞くとややこしいことになるので直接調べたわけではないが、どうもクロノスがここに来てリーダーとしての頭角を現し始めたらしい。

新興のパーティーらしく多少は無茶もするようだが、所謂〝持っている〟と表現されるような第六感的な勘によって鉱脈や資源等々が掘り出されるのだとかなんとか。

素直に、嬉しい限りだ。

確かにあまり嬉しくない形で袂を分かちはした。

でもこの形なら禍根は残らないし、互いに成功して余裕があるなら後々トラブルが起きる恐れもなくなる。

そう、俺は今、成功しているのだ。

未知の階層を最高の仲間と一緒に冒険している。

一歩一歩が新鮮だった。

迷宮の中にある摩訶不思議な密林《ジャングル》で、見たこともない植物が蠢いている。三歩歩くごとに一種類、新種が見つかってしまう勢いだ。

好奇心がとめどなく溢れてくる。耳鳴りなんて大した問題じゃない。

「લાયક નથી」

ああもう、とか思ったらこれだもんな。

『こちらヴィム。角猿がいます』

いつもの通りの全体伝達。

パーティー全体に緊張が走る。

打ち合わせ通り索敵を事細かに行って迎撃態勢を整える。

頭がガンガンする。音がよく聞こえる。

息を吸って吐く。

大丈夫、いつも通り。

そして、ここ最近は心掛けていることがある。

『ローレンツさん！　頼りにしてますよ！』

『……おう！』

戦いの前の連携確認を含めた個人伝達。

これは俺一人の戦いじゃない。各々の見せ場と矜持《きょうじ》がちゃんとあるってことを、目立つ人間はわかってなきゃいけない。

『アーベル君、頼んだよ！　君の隠し玉に頼ることがあるかもしれない！』

『ヴィムさん、なぜそれを！』

『君のことをちゃんと見てればわかるさ！』

『ヴィムさん……！』

『モニカさん！　まずは角猿の側面を叩きますので、その反対の面を狙ってください！　大事な初撃です！　お願いします！』

『はい！』

ちょっと偉そうだろうか？

いや、でも、みんなは一応喜色が窺える声で返してくれる。それなら立場相応のことをしてるってことでいいのかな。

これで準備は一通り。

さあ心拍数が上がる。

今か今かと見えるのを待つ。木々の隙間に目を凝らす。

――ああ、いた。

目と目が合う。

獰猛な目。

薄暗がりの中でも血液で真っ赤に光っている。生き生きしている。

なあ、やめてくれよ。こっちは別に望んでないんだって。そんなさあ、まるで。

お前も待ってたろ？　みたいな目をされても困るんだよ。

「移行：『傀儡師《ベブンシユピーラー》』」

耳鳴りも頭痛も、止んだ。

ふう。

景色がゆっくりになる、と俺は表現しているが、その速度は脳を強化した直後が一番遅い。多分一瞬だけは吹かしているような感じなんだと思う。

その刹那の静止に近い時間。これがなかなか不思議なのだ。

慣れたというか、むしろ心地いい時間な気すらし始めた。脳に強い負荷をかけているからそんなはずはないんだけど。

鍵型の軌道で肉薄する。一回右に跳んで切り返して側面から二刀で軽く斬りつける。

いつものような牽制だけど、今回は露骨に左肩だけを狙ってみる。

俺の意図が角猿に通じる。

執拗な一点集中攻撃は、裏を返せばそこだけを守るだけでいいということ。予定調和じみた攻防が少し続く。

来た。モニカさんの火球だ。そのまま角猿に直撃した。

たまらず角猿は仰け反って俺と距離を取った。

よし。流れに乗った。

あとはみんなと連携を繰り返して撃退するだけだ。

危険はほとんどない。そして目標を達成したら地上に帰って夜ご飯。

上がりかけたテンションを維持する。

熱くなるな。あくまで目的は撃退。

『緊急です！　左翼後方が突破されました！』

いつも通り順調に事を進めていたところ、いつもとは違う伝達が入った。

どういうことだ？

『こちらカミラ、ヴィム少年、聞こえるか』

『こちらヴィム。何があったんですか』

『同士討ち《フレンドリーファイア》だ。軽微だが綻びになった』

人為的過誤《ヒューマン・エラー》か。不味いときに出たな。

いや、入団して今までこういうことがなかっただけでも【夜蜻蛉《ナキリベラ》】は優秀だ。

ここは俺が踏ん張るところだろう。

『わかりました。人員は持って行ってください』

『……すまない。今しばらく保たせてくれ』

大きく息を吸う。

そして吐く。

上げるな。調子に乗るな。役目を弁えろ。

「なあ！　ちょっとくらい、乗ってやるよ！」

大声で角猿を挑発する。

意図は二つ。俺を囮にするということと、みんなに今から俺が相手をするという決意表明。

だから、別に本心を口にしたわけじゃない。乗りたいなんて思ってない。

俺の役目はみんなを守ること。

「『瞬間増強《パンプアップ》・百倍がけ《ヒュンダーマール》』」

角猿はニヤァと笑っていた。

俺が出力を上げたのをわかっているみたいだった。

援護は期待しちゃいけない。だから、攪乱する。

ここは密林《ジャングル》だ。地面を蹴るだけの二次元的機動じゃなくて、もっと使えるものがたくさんある。

前ではなく後ろの、木の幹に向かって跳ぶ。足裏がつくのに合わせて両脚を折り曲げて、一気に押す。

直接肉薄はしない。他の木の幹を経由する。

前後左右だけじゃなくて上下も考えて、そして最後は当然上から押さえ込む。

衝突。上から落ちる力がある分、俺の側が角猿を弾き飛ばすことができた。

距離を取られる。

いや、角猿は広葉樹の枝にぶら下がっていた。

――そうだよな。猿なんだから、三次元の機動はもともとそっちの領分だ。

目と目が合った。

くそ、どうしても意図が通じ合ってしまう。でも今に限ってはそれでいい。俺はしばらく戦い続けなければならない。

角猿は腕を使って振り子状に枝から枝を跳んで加速し、あっという間に目で追えるギリギリの速度まで到達した。

俺も応じる。幹を蹴って蹴って、追いつかれないよう、追いつくよう、加速する。

視界いっぱいの木々をすべて頭に入れる。その場で記憶しながら、とにかく止まらないよう、互いの機動を把握し、軌道を予測しながら蹴る。

何本も何本も、追いかけっこみたいに木を蹴っていく。

そしてその瞬間がわかった。

俺と角猿の歩調が偶然一致する未来を察した。あと三本蹴れば俺たちはすれ違う。

一本目。角猿の姿が消える。多分むこうからも俺の姿が消えている。

二本目。見えた。互いに空中にいる。次の幹を蹴れば相対する。

三本目。真正面。また目と目が合う。次の瞬間には激突する。

体はそれを求めていた。

蹴ったらぶつかるとわかっているのに、勢いを利用して脚を曲げるのが止められない。

刹那。互いに一刀。

奇しくも急所を狙いあっていた。

互いの全運動を籠めた一撃がぶつかり合い、突進の角度が変わる。その先には木はない。あえなく地面に転がり、受け身を取ってすぐ立ち上がる。

角猿を見失うまいと睨みつける。

するとまたまた目が合う。

やめろよ、俺たち一緒の動きだったね、みたいな顔すんな。

跳ぶ。木々を蹴る。狙いを絞られないように、ひたすら動き続ける。相手の動きも頭に入れて攪乱し合う。

さあ次だ。次こそ仕留めてやる。

内臓の浮遊感が心地いい。速度と角度の変化に風切り音が対応するのが楽しい。その先に命のやり取りがあると思えばなおさら。

殺してやる。でもその代わりに俺の命を狙ってこい。そうじゃないと面白くない。

またすれ違う。

横腹が少し切れた。俺は手の甲を少し斬りつけてやった。
熱い。痛い。疲労感とは別。単に体を動かしているだけでは得られない感触。
角猿に呼応するようにどんどん速度を上げる。
頭の回転速度が強制的に上がっていく。
一個でも処理を間違えたら終わり、その緊張感がたまらない。
でも、戦う傍ら、俺はちゃんとカミラさんの伝達を待っていた。
『――ム少年！　こちらは解決した！　戻って構わない！』
だから声を拾えた。
ああ、終わった、のか。
そっか。
急停止のあと、大きく跳んで、跳んで、みんなに合流する。
角猿は警戒を解かず、俺とは反対の方向に後退している。
「アーベル君！　大丈夫だった⁉」
「ヴィムさんこそ！　……さすがです！」
戦況は振り出しに戻った。
見たところ、みんな陣形は固めきっている。
「みなさん、ご無事でしたか⁉」
おう！　とかもちろん！　などの返答が来る。

「僕もあれ以上は危なかったです……本当になんとかなってよかった。でもまだ戦いは終わっていません！　力を合わせていきましょう！」

本当によかった。そして戦術的にも朗報だ。

これでいつもの通り一塊《ひとかたまり》になって安全にこの局面を切り抜けられる。

もはやそれは撃退に成功したも同然だった。

見慣れたパターンで結果がわかりきっている。

猿たちもそれを理解しているらしく、茶番のような数撃を繰り出しあったあと、密林《ジャングル》の闇に消えていった。

『諸君！　再び我々は生き残った！』

カミラさんの全体伝達が入り、湧いた。

本当に、終わった。

躊躇なんてしていない。名残惜しくなんてない。

さっさと脳の強化《バフ》を解除する。ゆっくりだった景色に速度が戻って、音が帰ってくる。

やっぱりまた、頭痛が来た。


地上に戻れば、冒険者ギルドの前でフィールブロンの住人のみなさんが待っていた。

サインを求めてくる人、手を振ってくる人、多分居酒屋の店員さんっぽい人も多数。

【夜蜻蛉《ナキリベラ》】が訪れたというだけでなかなかの宣伝効果があるらしい。泊まり枝も俺が紹介して以来繁盛し始めたみたいで、グレーテさんに大げさに感謝されたりもした。

どうやら人死にが出ず、必ず成果を挙げて帰ってくるパーティーというのは応援しやすいみたいだ。

吟遊詩人も好き勝手に成果に尾ひれをつけて語り、その証拠かのように団員たちは金を落として街を潤す。

みんなと同じように、俺も手を振って応える。

いろんな人が俺の反応を求めている。

主婦だったり、冒険者好きのおじさんだったり、純真な目をした少年だったり、若い女の子だったり。

悪い気はしない。

だってこれが俺が求めていたものなんだから。

最高の仲間に囲まれて、策を尽くして冒険に臨み、活躍して、その成果をたくさんの人が褒めてくれる。仲間たちは俺を認めて重んじてくれるし、輪の中にだって入れてくれる。

でも、耳鳴りがする。頭が痛い。

あの〝声〟が追いかけてくる。迷宮《ラビリンス》の外にまで。

そうだ、みんなと一緒にお酒でも飲もう。そうすればきっと少しはマシになる。

いつもの通り迷宮潜《ラビリンス・ダイブ》終わりの食事を終えて、まだ夜が深まる前の健全な時間に自室に帰ってきた。

「あー、楽しかった！」

明日は休日。

これから長く働くためにもしっかり休まなければ。

まあそんなこと言っても普段からちゃんと休みはもらえてるし、もう十分すぎるくらいなんだけどね。

ベッドに倒れ込む前に、傍に置いてあったバケツを手に取る。

そして、吐いた。

ここ最近、ずっと吐きそうだった。

わからない。なんでこんなに吐きそうなのかわからない。

毎日ずっと幸せだ。【竜の翼】《ドラハンフルーグ》のときに憧れた人の輪のど真ん中に俺はいる。

なのに、なんで俺は吐きそうになっている？

さっきまで一緒にいたみんなの顔を思い出す。

美味しいお酒とご飯。

示し合わせたかのような笑顔と友情。

また吐いた。

わからない。

——吐きそうなのってどういうときだっけ？

「……いやいや、まさか」

そんなわけない。

あんなに素晴らしいことなのに。

この部屋は落ち着かない。

普通の宿然とした木のタイルと天井で、俺がこんなんだからあんまり豪華絢爛ではないようにしてくれているけど、それでも作りがしっかりしてて風格があるのがわかってしまう。

どこか、違う場所に行きたい。

でも、ちょっと気を晴らそうにも外には人の目がある。

そうだ、前はこういうとき、泊まり枝に行ってたじゃないか。

……ダメだ。今は繁盛してるんだった。毎晩行列ができているらしい。

喜ばしいことだ。何も問題はない。

じゃあ日課だ。

毎日やっていることを無心でやれば落ち着くはず。

明かりを点け、机の上に置いていたノートを開く。

このノートには全団員の名前と顔のスケッチ、今日話したことが書いてある。日記のような機能も兼ねている。

最近わかったことだが、俺は人のことを覚えるのが苦手みたいだった。

特に迷宮潜《ラビリンス・ダイブ》みたいに他に集中することがあったら、その後、人の顔が曖昧になる。

　でもまさか、同じパーティーのメンバーに向かって「えっと、すみません、お名前なんでしたっけ」と伺うわけにもいかないだろう。軽んじられていると思われるし、そうなったときは実際に軽んじている。

「うん、今日も楽しい一日でした」

　書き終わる。気付けば夜も深い。

　よしよし、妙に頭が興奮していた状態が落ち着いて、ちゃんと疲れてきた。少し目を瞑れるはず。

　明かりを消してベッドに寝転ぶ。頭の中で人の名前を反復する。

　カミラさん、ハンスさん、マルクさん、アーベル君、ベティーナさん、よしよし、ちゃんと覚えてる。顔も会話も完璧。

　ローレンツさん、エッケハルトさん、モニカさん、アウレールさん、バルトルトさん、ルーカスさん、ライマーさん、マックスさん、ギルベルトさん……

「નકામું」

　うるさいよ。

　まただ。また聞こえた。油断するとすぐこうだ。

「આવો」

　だから、何言ってるかわかんないって。

「અહિયાં આવ」

いい加減にしてくれ。

頼むよ。耳を塞いでも聞こえてくるんだって。

そんなにされたら抗えないよ。体がふわふわする。浮いてしまう。

「તમારી ઈચ્છા」

黙っててくれ。

「રાહ જોવી」

わかったから。

「જેમ છે તેમ」

嫌だ。そうじゃない。

「——せ！」

こっちは楽しくやれてるんだ。

これでいいんだ。

「લડવા માટે」

「やめてくれ」

行けばいいんだろ、行けば。

なんでそんなにわかったように響くんだ。こっちは何もわからないのに。

「——い、ヴィム！」

せめてはっきり喋ってくれよ。

意味ありげに声だけで誘導しないでくれ。まるで代弁するかのような態度を取らないでくれ。

共感しちゃうだろ。

いったい何がしたいんだよ。

「[illegible]」

ああもう、わかったからさ。

ちょっと待っててくれ。今すぐに。

「目を覚ませ馬鹿野郎！」

頬に痛みが走った。

ハイデマリーだ。

目の前に、ハイデマリーがいた。

「え？」

「おい！　自分が今どこにいるか、わかるか⁉」

「いや、なんで俺の部屋に」

言いかけて気付く。

ここは、部屋じゃない。

視界の奥に映っているのは冒険者ギルド、つまり迷宮《ラビリンス》の入り口だ。

もうすっかり真夜中で、街中とはいえ人影はほとんど見えない。

肌寒さに気付く。外気の香りに包まれている。

「外に出たと思ったらこんな夜中にどういうことだ⁉」

「いや、普通に寝ようとして」

「そんなしっかり武器を持って、それも迷宮《ラビリンス》に行こうとしてるじゃないか！」

「……ん？」

本当だ。

ちゃんと装備を着込んでいる。二振りの山刀《マチエット》を背負っている。

ああ、そうか。

俺、迷宮《ラビリンス》に行こうとしてたのか。

「ヴィム。私の名前を言ってみろ」

「ハイデマリーだ」

「……うん。じゃあ君は誰で、ここはどこで、今は何時くらいか言ってみろ」

「えっと、俺はヴィム＝シュトラウスで、冒険者ギルドの前で、今は多分、夜中くらい」

「そうだ。正気なんだね？　なら戻ろう」

うん。

あれ、俺、冷静じゃないか。

夢現《ゆめうつつ》で何か不味いことをしたかと思ったけど、割とそうでもないみたい。

「いいやハイデマリー。俺、迷宮《ラビリンス》に行くよ」

「……は？　いや待て待て。君は今正気じゃない。ずっと眠れていないんだろう？」

「ちゃんとベッドの上で目はつむってるって」

「それは眠れてないんだよ！」

うん。知ってる。

「さすがにもう見守っちゃおけないよ！　帰ろう！」

「帰るって、どこに」

「どこってそりゃあ、屋敷さ！　いいから来い！　私の目の前で眠れ！　見ててやるから！」

「はは。眠れるか、それ？」

「いいから！」

「本当に、そう思う？」

「それはっ……」

まあ、言葉に詰まるよな。

君は俺のことをよく知っている。だから。

「俺が、行きたいんだ」

まっすぐ目を見て、言いきった。

ちょっとズルいかなと思った。彼女は俺がこう言うと強くは出られないから。

「呼んでるんだ。行かなきゃ」

強化《バフ》はもうかかっていた。彼女を振り切るのなんてわけなかった。

今はただ、潜りたい。

いいや、違う。

行きたいんだ。積極的に。自分の意志で。

迷宮《ラビリンス》というのはそういう場所だ。

ずっとそうだった。別に不快でもなんでもなかった。自分の本音に向き合うことから逃げてただけだった。

まるで頭の中にあった何かの栓が、抜けたみたいだった。


冒険者ギルドの警備を突破し、迷宮《ラビリンス》を駆けていく。

「[illegible]」

「わかってるって！　何言ってるかわかんないけどさ！」

抑えていた気持ちが溢れだしてぐるぐる回る。手足を動かすのに呼応するかのようにとめどなく溢れ出す。

頭の中がぐちゃぐちゃだ。洪水みたいになっている。

でも案外冷静かもしれない。

安全と速度を両立している、気がする。わかんないよそんなの。こんなところまでたった一人で潜るなんて、やったことない。

速い。とにかく速い。

いろんなものが軽くなっている。

頭痛も耳鳴りも感じる暇がない。全部置いていってる。

第九十九階層への道は何度も来ている。もう体が勝手に動いて転送陣を踏んでくれる。

いつもの道を一人で来るのは新鮮だ。

見覚えのある景色がこんなにも変わる。

ゆっくり行進するんじゃなくて、自分のペースで次々行ける。

この隠し転送陣を踏めば、第九十八階層の宝物庫に辿り着く。

そうすればすぐ隣の転送陣を踏んで、最前線まで。

さあ踏んだ。

見えたのは絶景。半球状《ドーム》の天井にちりばめられた宝石のような鉱石たち。

こんなに綺麗だったんだ。

何度も何度も通路にするたびに色褪せていた。どんどん小さくなって、大したことない場所だと思ってた。

それがなんだ、こんなに広い。

誰にも喜んで見せなくていい。自分の心の中だけで感じたことが全部。

なんて、気持ちがいいんだろう。


来た。最前線。

蒸し暑くて視界が悪い。

ある程度開拓が進んでいるといっても密林《ジャングル》は日々その姿を変える。道の記憶は当てにならない。

でも違うんだ。恐れるべきことじゃない。

むしろ俺は、本当はこの環境を歓迎していた。

蒸し暑いってことは関節が柔らかく動きやすいってことだ。準備運動がいらないからいつでも全開で動ける。

後ろを見てくれている人がいない。当然視界の外は全部死角。そして障害物もたくさん。

怖いったりゃありゃしない。こんな野放図な危険に身を晒すなんて。

どうしても感じてしまう。

わくわく、してる。

「なあ！」

大声を上げた。

薄々勘づいていた。角猿はわざわざ俺と戦いに来ていた。だから迷宮潜《ラビリンス・ダイブ》のたびに遭遇する。

あいつは俺を待っていた。

そして俺もあいつと戦うことを、心待ちにしていた。

「いるんだろ⁉　俺は来たぞ！　一人で！　今なら！　その」

続きを言うのか？

言っていいのか？

ええい、もういいだろう。気にするな。置いてきた。

思うことすらやめていたけど、ずっと思いたかった。言いたかった。

「――邪魔はいないんだよ！」

言った。

言ってしまった。もう後戻りできないことを。

罪悪感に打ち震える。

でも言いたかった。

これが言いたかった。

言っちゃいけないけど、もう言ってしまった。

「[illegible]」

声が聞こえる。奥の方だ。

この声がなんなのか、まったく見当はついていない。

迷宮《ラビリンス》が俺に語りかけているような気もするし、階層主《ボス》の声のような気もするし。そんなのわかりっこない。誰か教えてほしいくらいだ。

でも、確かなことが一つある。

俺はこの声に惹かれていた。

恐怖だと思ってた。聞いちゃいけないと思ってた。それは違ったんだ。

惹かれていることが尋常でないと知っていたから、本音を無視して聞こえないふりをしていただけだ。

密林《ジャングル》の闇の奥の奥。角猿は勿体ぶったように木々の隙間をゆっくりと歩いてきた。

枝から枝に飛び移るようなこともしていない。

何も隠すことはないかのような態度で堂々と、俺の目の前にやってきた。

「会いたかったよ」

俺の言葉を理解したのか、角猿はキッと声を上げて、獰猛な歯を剥き出しにした。

取り巻きもいない。

きっと索敵する必要もないという確信がある。こいつは正真正銘の一対一《タイマン》を張りに来た。

「ああ、でもごめん。ちょっと待って」

なら、俺も応えなくちゃいけないだろう。

「移行：『傀儡師《ベプンシシュピーラー》』」

……あれ？

象徴詠唱をしたはずなのに、景色が何も変わらない。

ああ、なるほど。

いいいいいいい
とっくに発動してたのか。

じゃあやることは倍率を上げることだけだ。

今ならいくらでも攻められる。だって俺が死んでも誰も死なないから。生き残ることなんて考えなくていいから。

ちょっと。ほんのちょっと。コップから一滴だけ水を零すくらいのイメージで、緩めた。

来た。

グワッと意識が広がる。

頭がぐるぐる回る。目がチカチカする。

勝手にいろんなことが思い出される。関係ない記憶がフラッシュバックし続ける。

最近のことも昔のことも、ここがどこかわからなくなるくらい浮かんでは消えるを繰り返す。

集中を切らすな。落ち着け、いや、落ち着くな。

思考の発展を止めるな。及んだ発想を打ち切るな。全部把握しろ。次から次へと湧く情報をすべて処理しきれ。

ただでさえ頭の中がぐちゃぐちゃなのにもっと進んで荒らしていく。収拾なんて考えない。

「はぁー」

息を吸う。

ふしゅー、と息で歯を揺らす。

ぐるぐるする。感情と情報の奔流を意図的に加速させている。

意識が途切れる崖っぷちで踊っている。

今この瞬間、全部が暗転《ブラックアウト》してもおかしくない。でも体の節々まで意識が染み渡って、どんなにも自由自在に動けそう。

「……ヒッ」

おっと。思わず笑っちまいそうになったよ。

膝が震える。こんなの久しぶり。

今ならわかる。俺はずっとビビッてなんかいなかった。待ち受ける危険《スリル》を敏感に察知していた。

これは、武者震いだったんだ。


鋭敏になりすぎた感覚は柄《つか》を伝い、山刀《マチェット》の刃先の様子まで伝えてくる。

空気の震えを感じる。肌が鼓膜になったみたいだ。

角猿はこちらを見ている。

眼球の挙動さえも鮮明に見える。ぐりんという動きが聞こえさえする。今か今かと待ってくれている。

ごめん、お待たせ。

口に出さなくても意思は通じた。

接近するときには互いの大げさな予備動作を認め合った。

別に許さなくてもよかったんだけど、大事な初撃だ。せっかくだから最大の力をガッチガチに固めて打ちたい。

まずは一刀、両手で柄《つか》を緩く握って、全身の筋肉を極度まで緩める。

地面を蹴る一瞬にだけ指数関数的に弾性を増す。イメージは鞭と鉄を行き来させるように。リズムに合わせて加速。

わずかな時間。そして互いの歩調の公倍数になる一点がわかる。そこでぶつかるという合意を得る。

爪と刃が触れ合う瞬間に、柄《つか》を握りつぶす勢いで全身の力を集約させる。

俺は上から袈裟に、角猿は脚の反動と腰の回転を全部使って右から。

剛と剛の激突。動機は趣。互いに受け流そうなんて思ってない。両者の激突は、互いに大きく弾かれることとなった。

飛ばされて前後不覚に陥る。

時計回りに地面を転がる。

右手で思いっきり地面を叩いて、無理やりその回転を立ち上がる力に変える。

前を向く。

互いにほとんど同時に立ち上がっている。すぐに二撃目が来る気配はない。

じゃあ、次はあれだよな。

横に跳ぶ。戦場は森の中に移行する。前後左右と上下に足場がたくさん。加えて角猿の箱庭で相手をすることになるから、戦略上は不利も不利。

だけど有利不利と楽しさはそんなに関係しない。

むしろ単純なぶつかり合いよりもこっちの方が頭を使えて楽しいことがある。脳の強化《バフ》なんて触れ込みの面目躍如だ。

複雑に張り巡らされた木々の枝葉、根、幹をすべて記憶。当然角猿の軌道も予想する。

自然に一筋の線が見える。俺が辿るべき正解の挙動。

すぐに沿う。飛び移って飛び移って、どんどん加速する。

さあ激突だ。ここから先は趣なんてもっての外。弾かれて起き上がれなければ即バラバラにされる。

すれ違いざま、アイデアを持っていたのは角猿の方だった。

防御を捨て、長い両腕を二方向から繰り出してくる。

俺の方は防戦一方。いなすしかない。そして、いなすということは力を逃がすということ。

空中で一瞬、静止した。

状況は対等《イーブン》。両腕を半ば勘で振り続けないと引き裂かれる。

角猿の連撃に合わせる。

防ぐな。避けろ。刃の裏に身を隠せ。斬撃の隙間を通り抜けろ。

「ハハッ！」

死ぬって。ヤバいって。

超楽しい。

大振りの一撃に合わせきって、後方への推進力に変えてその場を離脱。

手ごろな幹の上に立つ。

後手に回っている。まだ足りない。もっと上げろ。

頭を加速させる。瓦解しそうになるのを意識で抑え込む。どんどんどんどん追い詰められていく。でも何も心配しなくていい。怖いのはこの戦いが終わることだけ。

「アッ……ハァ！」

まだ行ける。

また跳ぶ。そしてすれ違って斬撃を交換する。

すぐに幹を蹴って切り返し、もう一度肉薄。

脳が回る。液体が飛び散っている気がする。走馬灯のように記憶が押し寄せて、流れ去っていく。


——楽しかったんだ、確かに。

本当だよ。でも。

「鬱陶しいったら、ありゃしない」

ダメだよ。楽しかったのに。それだけで留めておきたかったのに。

また一撃を交換し合う。

「自虐続けて何が悪い」

重い一撃が手に来る。加速するたびにぶつかる間隔が狭まっていく。

「癖なんだよ！　なんとなくそう言ってると楽なんだ！」

堰を切ったら溢れて止まらない。

「すみませんねえ強いのに卑屈で！　みなさんの誇りに鑑みてその弱さの分まできっちり背負って戦ってやりますよぉ！」

ああ、楽しい。死に追い詰められるほど、燃える。

俺にはそっちの方が向いている。むしろ危険じゃないと力が出ない。こうでないと面白くない。俺は捉え違いをしていた。俺の付与術の真髄は一筋の奇跡じゃない。むしろその逆。奇跡以外の危険《リスク》の方。

「ほっとけ！」

全部わかる。無理だと思った限界も次の瞬間には突破して、その次の瞬間には限界に値しないもろい壁だったと知る。

「いや特に強制はされてないんだけどね⁉　でもそんな感じだろ！　ちゃんとしなきゃって思うだろ！　気持ち悪い笑い方もしゃべり方もほっといて俺を受け入れろって態度取るほど偉くねえよ⁉」

角猿は完全に俺についてきている。それどころか追い越そうとしている。

「人種が違う！」

俺も上げないと。アイデアが足りない。もっと脳が回ってほしい。

だから上げる。また思い出す。

お酒美味しかったよ。俺って馬鹿舌で一種類のメニューしか頼まないようなやつだったけど、いろんな味も平気になってきたんだ。

「人の輪って憧れてたけどそんなにいいもんじゃなかった！　なにあれ！　話聞いてるのつらい！　全然面白い話にならないし！」

違うんだよ。馬鹿にしたいわけじゃないんだよ。

嬉しかったんだ。だから、ちょっと活躍して、勘違いしてしまった。

俺はみんなと一緒にやれると、みんなと同じようにできると。

すごく良くしてくれたんだ。みんなに何も非はない。俺に勇気と根気があるだけでよかった。

それは普通の人にはできることに違いない。だから。

「恵まれた連中が、素直な心を持ってる人たちが、羨ましかった。それから」

でも、思っちゃったんだ。

「気持ち悪かった」

そうだった。ずっとそうだった。

「ごめんみんな。俺、みんなと違うみたいだ」

最低だ。

気持ちが淀んでいく。背筋が曲がる。

でも、こっちの方が性に合ってる。

この速度にも慣れた。

ようやく意識が俺の支配下に戻る。慌ただしい感覚をすべて乗りきって、全能感にすら昇華される。

まだまだいける。俺は角猿を上回れる。そのためにはもっと追い詰めろ。死ね。死ね。もっと死ね。

いつの間にか着地していた。距離がある。そしてすぐに、また激突する。

「……ヒヒッ」

もうこの引き笑いを止めるものは、なくなった。

本書に対するご意見、ご感想をお寄せください。

あて先

〒162-8540 東京都新宿区東五軒町3-28
双葉社　モンスター文庫編集部
「戸倉儚先生」係／「白井鋭利先生」係
もしくは monster@futabasha.co.jp まで

雑用《ざつよう》付《ふ》与《よ》術師《じゅつし》が自分《じぶん》の最強《さいきょう》に気《き》付《づ》くまで②
～迷惑《めいわく》をかけないようにしてきましたが、追放《ついほう》されたので好《す》きに生《い》きることにしました～

2023年5月31日　第1刷発行

著　者　戸倉《とくら》儚《はか》

発行者　島野浩二

発行所　株式会社双葉社

〒162-8540　東京都新宿区東五軒町3番28号

［電話］03-5261-4818（営業）　03-5261-4851（編集）

http://www.futabasha.co.jp/（双葉社の書籍・コミック・ムックが買えます）

印刷・製本所　三晃印刷株式会社

ISBN 978-4-575-24503-5 C0093

Mノベルス

ハズレスキル『ガチャ』で追放された俺は、わがまま幼馴染を絶縁し覚醒する
～万能チートスキルをゲットして、目指せ楽々最強スローライフ！～
木嶋隆太
illustration 卵の黄身
公爵家の五男に生まれたクレストは、家族内で肩身が狭く、幼馴染の婚約者には奴隷のように扱われていた。そんなクレストは、鑑定の儀で『ガチャ』という『スキルを獲得できるスキル』を手に入れた。これで家族内での立場が改善されると思っていた。しかし、使い方が分からず嘘をついていると思われ、魔物が跋扈する森に追放されてしまった——。追放された先で魔物を討伐した時『ガチャ』を使用するためのポイントが手に入っていることに気が付く。そこでポイントを貯めて回してみると、生活に便利なスキルや戦闘に使えるスキルなどを獲得することができた。クレストはそれらのスキルを使い自由で快適な生活を目指すことに……！

発行・株式会社　双葉社

モンスター文庫

1
岸本和葉
Kazuha Kishimoto
illustration 40原
Shimahara
異世界召喚は二度目です
かつて異世界へと勇者召喚され、その世界を救った男がいた。もちろん男はモテまくるようになり、異世界リア充となった。だが男は「罠」にハメられ、元の世界へと強制送還。おまけに赤ん坊からやり直すことに――。これは、今はちょっぴり暗めの高校生・須崎雪として生きる元勇者が、まさかまさかの展開で、再び異世界へと召喚されてしまうファンタスティックすぎる勇者様のオハナシ!! 書き下ろし番外編「輝くは朝日、決意は夕陽」を収録した「小説家になろう」発、痛快バトルファンタジー！
モンスター文庫

発行・株式会社　双葉社